νομένης συμβούλιον ἔλαβον πάντες οἱ
τοῦ λαοῦ κατὰ τοῦ Ἰησοῦ ὥστε θανατῶ
τὸν ἀπήγαγον καὶ παρέδωκαν Πιλάτῳ
δας ὁ παραδιδοὺς αὐτὸν ὅτι κατεκρίθη,
άκοντα ἀργύρια τοῖς ἀρχιερεῦσιν καὶ
ν παραδοὺς αἷμα ἀθῷον. οἱ δὲ εἶπαν· τί
ς τὰ ἀργύρια εἰς τὸν ναὸν ἀνεχώρησεν,
ἀρχιερεῖς λαβόντες τὰ ἀργύρια εἶπαν·
κορβανᾶν, ἐπεὶ τιμὴ αἵματός ἐστιν.[7]
ἐξ αὐτῶν τὸν ἀγρὸν τοῦ κεραμέως εἰς ταφὴ
ἐκεῖνος ἀγρὸς αἵματος ἕως τῆς σήμερον.
ου τοῦ προφήτου λέγοντος· καὶ ἔλαβον τὰ
ιημένου ὃν ἐτιμήσαντο ἀπὸ υἱῶν Ἰσραήλ,[10]
ως, καθὰ συνέταξέν μοι κύριος.

La Moneta Maledetta

Ciro Cabala

La moneta maledetta

San Paolo

Impaginazione e grafica: Sara Benecino
Illustrazione della copertina: Stefano Pachì

Piazza Soncino, 5 – 20092 Cinisello Balsamo (Milano)
www.edizionisanpaolo.it
Distribuzione: Diffusione San Paolo s.r.l.
Corso Regina Margherita, 2 – 10153 Torino

ISBN 978-88-215-6099-6

Prologo

L'uomo non aveva più un nome.

Si era imposto di dimenticarlo, e di cancellare ogni traccia del suo passaggio. Voleva essere una semplice ombra, accampata ai margini della strada dei pellegrini. O un viandante silenzioso, che procedeva curvo sul bastone che, un tempo, era stato una lancia.

L'uomo era stato un soldato. Ogni notte soffriva di terribili incubi e restava con gli occhi sbarrati, scandagliando con terrore l'oscurità che lo circondava. Allo stesso modo, durante il giorno, di tanto in tanto si guardava alle spalle, temendo che qualcuno lo seguisse per riprendersi quello che lui aveva rubato.

L'uomo era anche stato un ladro.

Erano molti giorni, ormai, che viaggiava da solo lungo la via del ritorno, perché tutte le persone che aveva chiamato amici erano morte. Alcune per colpa della crociata. Altre per colpa del furto.

Non poteva accendere fuochi. E doveva evitare i caravan serragli, per paura che qualcuno potesse riconoscerlo. Si era vestito di stracci e si era fatto crescere una lunga barba, come quella degli infedeli che aveva combattuto.

L'uomo era stato fedele.

Ora non era più sicuro di esserlo. Tutto ciò in cui credeva era nascosto sotto gli stracci con cui si copriva. Era una scatolina d'argento, molto piccola, e molto pesante, anche se completamente vuota. Non la mostrava mai a nessuno. E lui stesso aveva paura a guardarla troppo a lungo, come se tra quei mirabili intarsi si nascondesse qualcosa di oscuro, ma attraente, come un pozzo.

L'uomo, che non aveva più un nome, aveva sete.

Camminò a lungo, cercando di tornare a casa. Ma sbagliò strada, o, forse, pensò, fu la scatola d'argento a confonderlo. Quella che imboccò lo condusse in una valle talmente remota che nemmeno il vento osava soffiarvi. Era popolata solo da gigantesche, e mute, colonne di pietra, che si innalzavano una accanto all'altra, come tronchi di alberi morti.

Si avvicinò. Non sarebbero bastati dieci uomini per circondarne le radici. Erano formazioni di roccia, scavate dal vento e dalle piogge.

L'uomo vide che c'erano i resti di una scala. Gradini scolpiti, che salivano verso l'alto.

Guardò su, meravigliato.

Chi poteva abitare quelle colonne?

Cominciò a salire. E poi si arrampicò. Il sole tramontò, e lo lasciò che ancora stava salendo, la pancia contro la roccia. Le dita alla ricerca di una fessura. La scatolina d'argento contro le sue costole magre.

In cima alla colonna di pietra trovò un'apertura. Una grotta. Una stanza. Riconobbe, dall'odore, un'altra presenza umana. Poi la vide. Un'ombra, accoccolata nel buio.

Apparteneva a qualcuno che era morto da centinaia di anni, e che aveva scelto di morire lassù, senza scendere più a terra.

Spuntò la luna.

L'uomo senza nome si sedette accanto all'eremita, e tirò fuori la scatola d'argento.

La adagiò sul pavimento, in mezzo a loro.

E poi, lentamente, cominciò a parlarle.

I

UNA CASA E UNA CAPANNA

Giovanni viveva in una casa di campagna, che i suoi genitori avevano trasformato in una locanda per turisti. La casa non aveva un nome, ma tutti, in paese, la conoscevano come "Quella Rossa", anche se di rosso non aveva assolutamente niente. Era una vecchia cascina circondata dai boschi e da ettari di terreni, che il papà di Giovanni stava trasformando in vigneti. La mamma, fissata con le buone maniere, amministrava con garbo le camere dei turisti, e Giovanni, quando non era a scuola, o al campo di calcio, amava perdersi nelle avventure, reali o fantastiche che fossero.

Era un ragazzo perennemente indaffarato. Era timido e riservato in compagnia degli adulti, ma esclusivamente perché aveva capito che, in quel modo, evitava di dover fornire troppe spiegazioni.

Era intraprendente con il suo gruppo di amici fidati, con cui condivideva, e a volte imponeva, buona parte dei suoi interessi.

Le ragazze non erano una priorità. Le trovava vuote e inutili e, fatte pochissime eccezioni, sospettava che assomigliassero tutte a sua cugina Susanna: petulante a scuola, insopportabile fuori.

Aveva trascorso buona parte dei suoi undici anni a sopravvivere a scuola, elaborare scherzi, vincere partite di calcio, e, quando non era possibile uscire fuori, a leggere libri d'avventura con Messico accoccolato sui piedi. Se invidiava qualcuno erano i ragazzi più grandi, perché guidavano già la macchina, o le moto, e potevano quindi partecipare a qualcuna delle esplorazioni più estreme che lui aveva in progetto di fare.

Aveva attitudini diverse dalla maggior parte dei suoi coetanei. Non si divertiva a chiacchierare in piazza, ma preferiva trascorrere le giornate a trasformare un vecchio mandorlo in cima alla collina in una perfetta casa sull'albero, in cui complottare, segretamente, per la conquista del mondo.

Così aveva speso i mesi autunnali, i migliori, perché finalmente le foglie cadevano dai rami e li si poteva studiare con perizia, per scegliere con cura dove costruirla.

Spettinato e sporco di fango, con la giacca da cacciatore di suo nonno che gli arrivava alle ginocchia, aveva vagato per la campagna con Messico, solo per trovare un albero sufficientemente maestoso. Lo aveva trovato in cima alla collina, con il vento che soffiava dai quattro lati e gli faceva volare via qualunque cosa avesse tra le mani. Trascorse tutto l'inverno a elaborare i progetti per costruirla e, al primo sole dell'anno nuovo, si arrampicò sul mandorlo con un paio di amici, con assi, chiodi e martello, mentre sua cugina Susanna, grassa, lenta e decisamente noiosa, li guardava stupefatta da terra.

La cosa proseguì per qualche mese, con Susanna sempre più ammirata dalla maestria del cugino e Giovanni con le dita peste per le troppe martellate sbagliate.

Ma, rapidamente, sulla cima di quel mandorlo stava fiorendo una vera e propria casa.

Spazzata dal vento.

Quando la capanna fu terminata, Susanna cominciò:

– Fammi salire!

E Giovanni, seduto sul pavimento di assi inchiodate, con i progetti delle pareti laterali da completare, cercò di ignorarla, fino a quando le sue lamentele non divennero davvero insopportabili.

Si sporse. Susanna stava cercando qualcosa tra l'erba e, nel farlo, si era di nuovo ficcata nei cespugli di jutre che si attaccavano ai pantaloni.

– Sali! – le disse. – Fa' così: attaccati a quel ramo

con le braccia, tirati su, fa' un po' di pendolo, oscilla fino a quei due rami a metà, metti la schiena contro il tronco e appenditi alla botola. Poi ti tiro su io.

Lei ci provò, con risultati disastrosi.

– Aspetta! – le gridò Giovanni.

Legò una corda al ramo e scese giù. Le indicò la corda e, spingendo il suo sedere immenso tempestato da pallini spinosi, la issò di peso, senza porsi nemmeno il dubbio che la capanna reggesse o meno. Una volta su, Giovanni prese i progetti per le sue pareti laterali e, con un paio di balzi, si calò a terra.

Lei si accorse che se ne stava andando e disse:

– Ora fammi scendere.

– Non ho tempo.

– E come faccio?

– Scendi da sola.

– Ma non sono capace!

– Impari – commentò lui, sadico.

E si allontanò, lasciando che la cosa maturasse nella testa vuota della cugina. Quando maturò, lei iniziò a strillare come un'aquila.

La mamma di Giovanni, Ginevra, nutriva poca stima per la cugina che, di tanto in tanto, saliva a studiare con Giovanni e, d'altra parte, ne aveva troppa per suo figlio. Era una signora molto attenta alle formalità, per nulla incline a controllare i ragazzi, quanto a migliorare il bell'aspetto della sua casa. Era in salotto, dove si stava preparando ad accogliere sua sorella Giuliana, quando non poté più fare a meno di ignorare le urla di Susanna. Le urla perseguivano metodicamente l'intervento di un adulto. Ginevra uscì di casa seguendone il richiamo, anche se avrebbe potuto raggiungerla ad occhi chiusi. Provenivano dal mandorlo in cima alla collina.

Lei era lassù, accovacciata a braccia larghe sul pavimento della capanna da terminare, con la bocca così aperta che non le si vedeva null'altro che le tonsille. Una grossa corda, appesa a un ramo laterale, scendeva avvolgendosi attorno al tronco.

– Che cos'hai? – provò a urlare, sovrastandola di un decibel.

Susanna singultò, momentaneamente perplessa.

– Non, non... non so... non so scendere!! – E all'improvviso rinascere di quella consapevolezza, la bocca si riaprì paurosamente.

– Ma, Giovanni, dov'è?

– Mi ha fatto salire ed è scappato.

"Ma come diavolo aveva fatto a far salire il pachiderma sulla pianta?", pensò Ginevra, che si sforzò di chiederle:

– E lui come ha fatto a scappare?

– È sceso con la corda.

– Allora per scendere c'è solo la corda?

– Sììììììììì...

– E come hai fatto a salire?

– Sono salita sulla cassetta e poi Giovanni mi ha spinto e...

– Oh, santo cielo!

Ecco la sadica vendetta di quel mostro di suo figlio. Provò a chiamarlo, ma sapeva perfettamente quanto fosse inutile. Allora, per il bene della famiglia, tentò di considerare la situazione. – Stammi a sentire, Susanna. Io ti rimetto la cassetta sotto l'albero. Poi allento la corda. Tu ti fai pendere dal pavimento della capanna e io ti tengo le gambe. Puoi anche tenerti alla corda, se vuoi.

Inutile. Troppi ordini in una sola volta.

Ci voleva più calma.

– Susanna, mettiti a pancia in giù sul pavimento! – le ordinò, perentoria.

Lei la guardò con quei suoi begli occhi grigi del tutto privi di intuito e tentò un movimento. Il pavimento della capanna traballò pericolosamente. E lei, di nuovo bloccata, riaprì prontamente la bocca.

Il sole dardeggiava impietoso. Le urla avevano un'irritante potenza, che contrastava la calma della giornata e l'assenza di vento. Davanti a quello spettacolo desolante, Ginevra si sentì improvvisamente solidale con suo figlio.

Controllò infastidita l'orologio.

– Senti. Io aspetto gente. O scendi fin qui, o scendi da sola.

Attese alcuni minuti, poi fece un rapido dietrofront. Sulla via di casa, incrociò suo figlio impegnato a trasportare alcune assi di legno.

– Ciao Giovanni – lo salutò. – Come è andata la giornata?

– Bene – rispose lui.

Entrambi ignoravano di proposito le urla di sottofondo di Susanna.

– Tra poco arriva zia Giuliana – disse Ginevra. – E so che vuole parlarci.

– Bene – esclamò lui, con un lampo negli occhi. Posò a terra le assi. – Allora vado a cambiarmi.

Se avesse saputo come fare, Ginevra avrebbe sollevato un sopracciglio.

Di solito Giovanni rifuggiva i parenti come le cavallette.

Oppure li imprigionava sugli alberi.

– Perché va a cambiarsi? – si ripeté, interdetta. Per una persona come lei, abituata all'idea che nulla dovesse cambiare, stavano succedendo già troppe cose strane.

2

COMPLOTTI DI FAMIGLIA

Sedute una di fronte all'altra, le due donne si fronteggiavano con occhiate oblique. La padrona di casa toccava nervosamente i soprammobili del tavolino e cercava di non guardare la sorella negli occhi.

– Non posso... lasciarlo... partire... – disse.

Giovanni, cambiato di fresco, chiuse gli occhi. Era seduto, rigido e inappuntabile, su una scomoda sedia di legno scricchiolante, a lato del camino. Si guardava intorno, come se quello non fosse il salotto di casa sua. Una traccia di cenere anneriva la pietra grigia. La luce del lampadario del salone aveva strane vibrazioni di intensità, che diffondevano minacciose onde luminose.

– La scuola non è finita... – continuò Ginevra, con tono monotono. – Ci sono ancora i compiti in classe..., le interrogazioni...

La sorella seduta di fronte a lei si passò una mano negli esplosivi capelli rossi. – Ma se a scuola va benissimo! È il più bravo di tutti, me lo dici sempre.

– Lascia perdere, Giuliana... per favore! – arrossì lievemente Ginevra, come ricordandosi di colpo della presenza del figlio accanto a loro. Non le piaceva fargli capire che era fiera dei suoi successi. Poi si sbracciò in direzione della finestra, oltre alla quale, sempre più tenui, si sentivano ancora le urla di Susanna.

– E tu non dovresti andare a pensare a tua cugina?

Giovanni si indicò la camicia pulita.

– Non posso! Mi sono appena cambiato!

Ginevra lo incendiò con un'occhiata che prometteva vendette, ma Giuliana sbuffò, si bilanciò in avanti sulle ginocchia e ripartì all'attacco:

– Ascolta, Gin. Torniamo a noi. Non credi che tuo figlio possa imparare molto di più da un viaggio insieme a noi che da due o tre spiegazioni in classe?

– La scuola è importante.

– Anche sua cugina va bene a scuola – sbottò la sorella, indicando la campagna che urlava a intermittenza.

– E allora? Quello di cui ti sto parlando è un'esperienza che non so se e quando potremo rifare.

– Questo è vero...

– Staremo via solo una decina di giorni. Piace a lui

e piace a noi. Senza contare il fatto che... Giovanni ci serve: sarebbe importante avere qualcuno che possa farci la guardia al camion mentre trattiamo i prezzi dei tappeti.

– Ma...

– Veniva sempre l'aiutante del magazzino, ma quest'anno non può: si è rotto una gamba.

Infilata da quella raffica di spiegazioni, Ginevra si decise a osservare suo figlio. Da quando era iniziata la discussione, non aveva ancora mosso un muscolo e se ne stava perfettamente diritto sulla sedia. Esattamente come lei desiderava che facesse. Non aveva alcuna espressione sul viso, ma il suo insolito, e teatrale, distacco le fece comprendere, in un lampo, le altre cose insolite di quegli ultimi giorni.

Da qualche tempo Giovanni non chiedeva più di farsi accompagnare da chissà quale amico, la sua camera era ordinata, le sue scarpe lucide, i compiti fatti senza alcuna recriminazione, la doccia regolare...

Così guardò Giuliana di sottecchi e la interruppe:

– Da quanto tempo siete d'accordo?

Giuliana bloccò le mani nel mezzo del loro movimento. – Come dici?

Un sorriso increspò invece il viso di Giovanni. Lui aveva capito che lei aveva capito.

– Questo è un complotto – borbottò Ginevra e si rilassò sullo schienale del divano, osservando i due cospiratori per la prima volta tranquilla. Intanto, provò a riepilogare, o anche solo a immaginare, i passaggi che le erano così stupidamente sfuggiti. Giovanni e sua sorella dovevano aver iniziato a tramare alle sue spalle già da parecchio tempo. E chissà che cosa si erano detti, per preparare quell'incontro.

Decise di evitare la parte di madre insensibile e crudele e cambiò strategia, capitolando all'istante.

– Va bene, allora... – sospirò. – Ma mi dovete promettere che non farete sciocchezze, che sarete prudenti, e che...

A quelle parole, la maschera rigida di Giovanni parve sciogliersi: rilasciò le spalle rigide e un lampo di felicità gli illuminò gli occhi nocciola. Provò addirittura l'impulso di andare a recuperare sua cugina dall'albero.

Giuliana, invece, si irrigidì:

– Ci hai preso per incoscienti? Dopo tutto è nostro nipote. O no?

– Non ho detto questo. Quando partireste?

– Lunedì prossimo.

– E come devo equipaggiarlo?

– Con nessuno dei vestiti che piacciono a te. Quindi: niente capi da sfilate o da lord inglese. Deve essere comodo, caldo, vestito a strati, con scarpe resistenti adatte alla pioggia e al freddo.

Ginevra accennò un sì, con la testa già immersa

nel guardaroba del figlio. Quando la sollevò, colse uno sguardo d'intesa tra Giovanni e Giuliana e si sentì in dovere di intervenire ancora.

– Ora, però... – attaccò Ginevra – vedi di fare qualcosa per quella povera ragazza, ok?

Giovanni partì di corsa.

Le due sorelle si guardarono.

Era deciso. Quel moccioso complottista sarebbe partito per trascorrere dieci giorni in Turchia, a caccia di tappeti e mobili vecchi.

– Ti va un caff... – esordì Ginevra, ricordandosi troppo tardi con chi aveva a che fare.

– Ginevra! – la rimproverò la sorella, salutista convinta. – Non mi dire che bevi ancora quelle schifezze!

Giovanni abbandonò il salotto contenendo ancora perfettamente la sua felicità, ma non appena individuò Messico intento a grattarsi sul tappeto nel portico, gli volò addosso con un liberatorio urlo di guerra. Il povero cane sbarrò gli occhi e restò con la zampa sollevata prima di lasciarsi aggrovigliare da un ragazzino al colmo della felicità.

Rotolarono insieme, lottando.

– Ci vado! Ci vado! Vado in Turchia con Claudio e Giuliana... Sì! Sì! Ce l'ho fatta!

Messico, piuttosto interdetto, cercava di partecipare a tanto entusiasmo, ma la sorpresa e la violenza di quell'attacco lo avevano in un certo senso disturbato. Cercò di districarsi dalla presa e si limitò a distendersi sul tappeto accanto a lui.

– Parto... – ansimò Giovanni, con lo sguardo sperduto tra le gocce di cristallo del lampadario. – E andremo in posti mai visti da nessuno. Posti selvaggi e pericolosi. Pieni di predoni, Messico.

Lo sguardo del cane comunicava una placida saggezza, quasi quell'informazione fosse per lui tutt'altro che nuova.

– Naturalmente, questo mamma non lo sa. Ma è il vero motivo per cui Claudio e Giuliana mi vogliono. Devo aiutarli a fare la guardia. Devo difendere il camion...

Messico provò a ricominciare a grattarsi, ma si interruppe quando il discorso ricominciò.

– Appena lo sapranno i ragazzi! Ahhhh, che meraviglia! E a scuola? Niente compiti in classe! Niente interrogazione di storia e di italiano!

Dopo aver immaginato tutte le facce dei suoi amici, per una frazione di secondo, Giovanni vide davanti a sé il visino bianco di Lucilla e i suoi occhi di porcellana azzurra. Lucilla: l'unica ragazza per cui avrebbe potuto fare un'eccezione e, forse, rimandare qualcuna delle sue avventure. Pensò che, dopo un viaggio come quello che stava per affrontare, avrebbe avuto molte cose da raccontarle. Ma, soprattutto, poiché conosceva già a sufficienza l'animo femminile, avrebbe potuto portarle un regalo. Un pensierino esotico. Un portafortuna ottomano.

Se lo annotò mentalmente. Poi si rialzò in piedi.

– Si torna alla capanna! – esclamò. – Dobbiamo tirare giù quella balena di Susanna.

E, senza nemmeno pensare di andarsi a cambiare, si catapultò nel prato, e poi su dall'albero.

Quando tornò in casa, a sera, trovò sua madre in camera, con tutti gli armadi spalancati.

– Mi hai già messo camicia, cravatta e giacca blu per un eventuale invito a cena coi predoni? – le domandò.

– C'è silenzio da un po'. L'hai fatta scendere?

– Ah ah!

Le braccia di Giovanni erano coperte di graffi. Messico lo seguiva scodinzolando. Ginevra decise di non domandare altri particolari e allineò sul letto una fila di magliette blu.

– Oh no – sbottò Giovanni, vedendole. – Quelle no.

– Non una protesta, o cambio idea.

Giovanni si morse un labbro, pensando che avrebbe sempre potuto rivenderle a qualche bazar in cambio di un caftano lungo fino ai piedi.

Ginevra cominciò ad aprire anche i cassetti. – Abbiamo soltanto tre giorni per preparare tutto. Ma dico io! Non potevate avvertirmi prima?!

– Non mi avresti lasciato andare.

– Stai insinuando che sto agendo senza riflettere..., che se avessi più tempo a disposizione non ti permetterei di partire?

Giovanni rimase zitto, e sua madre continuò, in un crescendo hollywoodiano: – Probabilmente è così... e questo solo perché alla tua età io non ho mai avuto un'occasione simile, e avrei pagato oro, per andarci. Anche se questo non mi toglie dalla testa l'idea di essere solo un'incosciente!

Poi si rabbuiò e si illuminò di colpo, e allo stesso istante:

– Il passaporto! – esclamò, richiudendo un cassetto. – Non si può fare il passaporto in tre giorni!

– È già pronto – quasi sussurrò Giovanni, che cercava di non dire o fare nulla che potesse irritarla e farle cambiare idea.

– Come sarebbe a dire che è già pronto?

– Ci ha pensato papà.

– Vuoi dire che lo sapevano tutti... tranne me?

Giovanni preferì non rispondere, conscio che, qualunque cosa avesse detto, avrebbe potuto essere usata contro di lui. E invece era meglio che sua madre non avesse modo di ragionare, ponderare e recriminare.

Le indicò una maglietta nera con Che Guevara e disse: – Posso prendere quella?

Ginevra inorridì, ma fu sufficiente a distrarla.

Giovanni tirò fuori il borsone da viaggio, lo posò sul letto e si astenne dal mettergli dentro qualsiasi cosa.

Lasciò il compito a sua madre, sapendo che, in questo modo, si sarebbe impegnata e distratta.

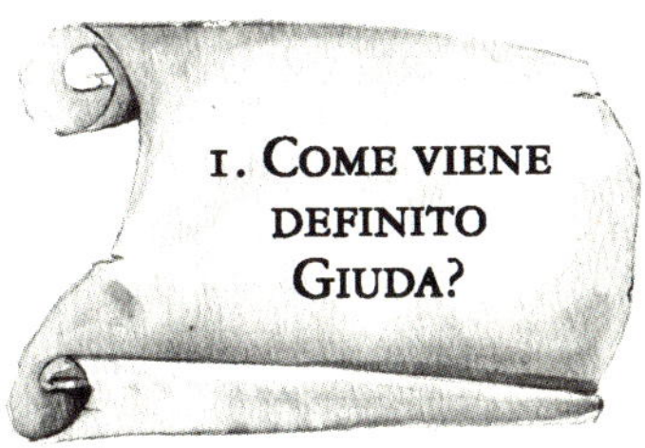

3

Preparativi

I giorni trascorsero in un lampo. Giovanni raccontò agli amici della sua imminente partenza e lasciò che fossero loro a riferirlo a Lucilla. Marco gli portò i soldi per comprargli la maglietta originale del Galatassaray da aggiungere alla sua collezione di cimeli di squadre di calcio che avevano battuto l'Inter, e Paolo il nome di una marca di sigarette turche da veri uomini, che avrebbero potuto tornare loro utili. Giovanni diede istruzioni per tutto ciò che doveva essere fatto nella sua assenza, li supplicò di aspettarli per la sfida sette contro sette contro quelli della cantina sociale, controllò dieci volte che i chiodi della capanna fossero saldi, affidò a Paolo i suoi fumetti di Repubblica per evitare che sua madre li buttasse durante la sua assenza, sostituì di nascosto una maglietta blu con la maglietta nera con Che Guevara e, la notte prima della partenza, non chiuse occhio.

Alle prime luci dell'alba la campagna era senza colore, fredda e scostante.

Giovanni lasciò il caldo tepore del letto per la prima volta senza alcun indugio. Si vestì di tutto punto e persino si pettinò. Scese in cucina per fare una colazione veloce, abbracciò e baciò la mamma, spinto in parte dal senso di colpa di averla ingannata e, in parte, dal desiderio di rassicurarla.

– Tranquilla mamma! Starò attento, sarò prudente e farò tutto quello che Claudio e Giuliana mi diranno di fare.

Venne interrotto dall'ululato di avvertimento di Messico, in giardino. Giovanni posò la tazza di caffelatte sul tavolo e uscì in cortile, dove Messico stava già saltando furiosamente sulle quattro zampe, il pelo ritto sulla schiena.

Un piccolo camion arrancava borbottando lungo il viale, come se anche lui avesse risentito dell'alzataccia. Era stato battezzato dallo zio "Carnera", come l'intramontabile pugile italiano. Le sue giunture non erano più quelle di una volta. Era sbucato dalla nebbia del bosco: rosso, ammaccato, scoppiettante e un tantino irreale o, perlomeno, così era parso a Giovanni. Ma era tutta la situazione a essere irreale. Niente scuola e un viaggio da brivido. Da non credere.

– Sono arrivati! – sentenziò Giovanni, correndo loro incontro.

Giuliana, dietro al vetro in un'aureola di capelli luminosi, faceva ciao con la mano e sembrava perfettamente sveglia. Al suo fianco, al volante, Claudio aveva un berretto di maglia calcato sulla testa e l'espressione di uno scassinatore di casseforti condotto in prigione.

Il camion si fermò senza peraltro smettere di borbottare. Ginevra lo guardava con orrore, come se quel fumo nero avesse potuto scompigliarle la messa in piega, mentre Giovanni le saettava tra le gambe per recuperare in casa il suo borsone da viaggio e per gli ultimi saluti. Suo padre uscì di casa solo all'ultimo momento, nobile e distaccato. Non aveva ancora rivelato a sua moglie di aver complottato a sua insaputa al punto di aver ottenuto anche il benestare dei professori, ma aveva l'aria soddisfatta di chi vedeva fare al proprio figlio quello che avrebbe fatto volentieri lui. Tutto ciò che dei suoi sentimenti lasciava trapelare, comunque, era un sorrisetto divertito.

Messico annusava le ruote, perplesso.

– Allora ciao.

– Ciao. Mi raccomando..., andate piano.

– Se tu riesci ad andare forte con Carnera...

– Telefonate!

– Sì, certo; state tranquilli...

non era durato a lungo. La scelta cui era stata messa di fronte era tra litigare ferocemente con il marito, che non voleva rinunciare al caffè con lo zucchero e alla bistecca alla brace, oppure attenuare le proprie convinzioni e cucinargli carne sanguinolenta e cadaveri di pollo, che comunque lei cercava di evitare.

La resa finale era avvenuta quando Giovanni aveva scoperto sui libri di storia che anche Hitler era vegetariano e, una volta avvertito il padre, avevano utilizzato l'informazione come emblema del suo fanatismo. Nel piazzale saturo di odori di benzina e di pneumatici, Giovanni si avviò con gli zii fino a un prefabbricato di legno e vetro. L'interno era affollato e caldo.

– Cosa vuoi, Giovanni?

Dopo alcune scelte decisamente troppo azzardate (hot dog, hamburger con patatine, porchetta con cipolle), alla fine si accordarono per tre pesci alla griglia, non conditi, accompagnati da un'insalata verde, anch'essa non condita e due orribili rapanelli.

Giovanni aveva sorriso estasiato, fingendo di adorare quel cibo da erbivori, ma gli zii, impietositi dal vederlo masticare ogni boccone venti volte, gli concessero una fetta di torta alle mele.

– Non hai idea dei grassi che contiene... – aveva borbottato Claudio, osservandolo disgustato.

Era stata la seconda frase dello zio durante quella

giornata, ma Giovanni non se n'era curato e aveva ingoiato la torta velocemente, prima che qualcuno potesse toglierla dal tavolo.

L'uomo camminava per la stanza con passi misurati e lenti. Sembrava scivolare sul pavimento di marmo, evitando accuratamente di calpestare i tappeti antichi che riquadravano spazi attorniati da comode poltrone.

Con una mano sottile e pallida aveva scostato i capelli grigi dalla fronte. Erano lunghi fin sotto le orecchie e fini, tagliati alla paggio, ma non leziosi. Di quell'uomo, in realtà, colpivano gli occhi verdastri, pungenti come punte di pugnali e altrettanto penetranti. Uno sguardo al quale non si poteva sfuggire e la cui fredda determinazione stonava con i modi sinuosi del suo incedere, del suo smuovere il seggiolone dietro la scrivania e accomodarvisi, del suo sollevare la cornetta del telefono e premere i tasti. C'era una delicatezza strana nel suo modo di avvicinarsi, toccare, usare gli oggetti. Anche la sua voce era dolce, monotona, priva di inflessioni. – Sì... sono io, sì. Ho trattato il prezzo e mi occuperò io del pagamento... Basta soltanto che tu vada a ritirarlo. Sì. Certo. Non devono esserci intoppi. A presto.

Nessun saluto. Nessuna emozione. La conversazione si chiuse come se fosse stata simulata. L'uomo rimase seduto sul seggiolone di noce privo di cuscini: rifiutava ogni forma di comodità, che disprezzava, e preferiva lasciare agli altri. Ai deboli.

Giocando lentamente con una ciocca di capelli, lasciava vagare lo sguardo al di là della finestra. Le nuvolaglie si confacevano ai suoi pensieri e la lontana guglia della torre Eiffel segnava il cielo grigio di Parigi come un parafulmine.

– Ce l'ho fatta... – rimuginò ad alta voce.

E poi, ancora: – Sarà mia, mia fino alla fine...

Sorrideva con le labbra sottili, ma il viso minuto, incavato, non era illuminato dalla nuova espressione, anzi aveva assunto un'aria più gelida e cupa. L'uomo sapeva perfettamente che quel suo modo di fare non suscitava le simpatie altrui: nonostante cercasse di muoversi gentilmente e di non alzare mai la voce, sapeva di avere dentro di sé qualcosa di scostante, che allontanava le altre persone. Un tempo, forse, questa consapevolezza lo avrebbe turbato, mentre ora, tutt'al più, la solitudine era diventata un piacere da cui intendeva trarre una forza senza pari.

Si rialzò e si guardò intorno: i libri salivano fino al soffitto e coprivano ogni parete della vasta sala con i loro titoli dorati, ma lui li ignorò e si diresse all'unico mobile d'angolo, intarsiato e alleggerito da colonnine ritorte.

Con le chiavi che gli pendevano da una catenella alla cintura aprì le antine e rivelò una cassaforte incassata nel muro retrostante.

Sospirò prima di comporre la combinazione, e quando la porticina scattò provò il solito sgomento: un piccolo morso allo stomaco.

I rotoli di pergamena erano intatti.

Al loro cospetto si rese conto che nessun gioiello avrebbe potuto essere più prezioso. Erano mangiati dai secoli. Il più antico, protetto da un drappo di seta verde, quasi nascosto e separato dagli altri, emanava potere. L'uomo lo controllò, come faceva ogni volta che qualche emozione era sul punto di travolgerlo e togliergli la sua proverbiale sicurezza.

Vi era disegnato sopra il profilo di una Meteora. Un tempio sospeso da terra, in cima a una colonna di roccia.

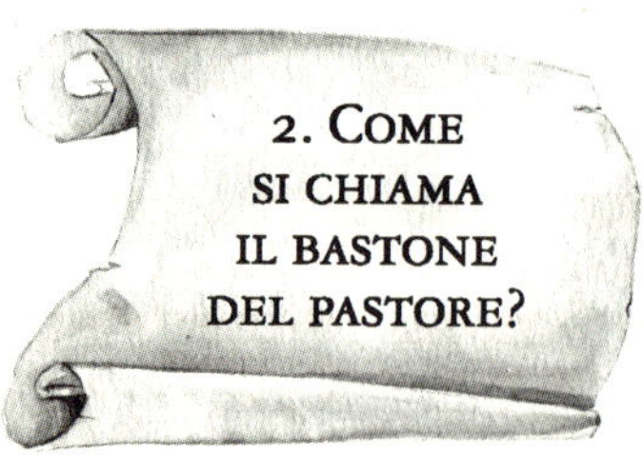

– Conviene andare subito in bagno… – suggerì Claudio, sorbendo il tè caldo dal thermos. – Prima che tutti si sveglino e si debba fare la coda.

Giovanni lo seguì prontamente. Nel bagno degli uomini c'era il caratteristico odore infernale dei bagni degli uomini, ma anche quell'aspetto del viaggio aveva dei lati positivi: niente doccia obbligatoria e niente bidello della scuola che, se stavi troppo a lungo chiuso dentro, passava a controllare se stavi scrivendo qualcosa sui muri.

Tappandosi il naso per fare pipì in un water di alluminio, si domandò se fosse davvero un cambio così vantaggioso.

Una volta arrivati in Grecia, Carnera si dimostrò in gran forma: riposato, scattante, come se la stiva di una nave fosse un luogo a lui familiare, partì alla grande, incurante del freddo che in genere lo bloccava per ore e scese la rampa della nave con dignità e un buon rombo di motore.

– Forza – decise Claudio. – Allontaniamoci da qui.

Sbrigò velocemente le pratiche di sbarco, per lasciarsi alle spalle il prima possibile lo squallore del porto e i suoi riti burocratici, i suoi odori stantii e la sua gente stancamente affaccendata.

Si infilarono lungo le vie di Igumenizza, una città moderna e senz'anima. Intorno a loro solo case grigie, vie fatiscenti con le finestre ancora sbarrate. Per la strada incontrarono poche persone, con il volto duro di chi avrebbe preferito essere altrove.

Superata la periferia si stendeva un paesaggio brullo, spazzato da un vento che rendeva stranamente piacevole l'essere nel caldo della cabina di Carnera con un'altra cialda al miele da sgranocchiare.

– Certo che la Grecia non è molto accogliente, vero?

Giovanni annuì.

– Direi di no. Me l'aspettavo più…, non so...

– Mitica?

– Qualcosa del genere. Dove stiamo andando, ora?

– La attraversiamo tutta fino al confine con la Turchia.

– Quanto ci vuole?

– Un giorno – rispose Claudio.

– A meno che...

– Niente turismo – tagliò corto lui. – Questa è una spedizione di lavoro.

La luce ormai intensa del mattino mostrava a perdita d'occhio lucide distese di pietre che sembravano leccarsi ancora le ferite dell'inverno.

– Non ci sono alberi – osservò Giovanni, quando riuscì a capire che cosa c'era di tanto alieno in quel paesaggio.

– Ma soprattutto non esistono gallerie... – sbottò Claudio. – Si sale e si scende da questi schifosissimi tornanti.

Claudio sembrava in vena di parlare. Come se si fosse investito del ruolo di istruttore, volgeva il capo per osservare qua e là lo scenario lunare che stavano attraversando. – Colpa delle capre: si sono mangiate tutto. Un po' come sta succedendo nel Sud Italia. Le vedi?

Superarono un gregge di capre, e Claudio le spaventò, suonando il clacson.

– Claudio! – lo rimproverò Giuliana.

– Cosa vuoi che sia! – ridacchiò lui. – Sarà la cosa più emozionante che gli capita da una vita.

Giuliana guardò Giovanni. – Vedrai... vedrai più avanti... – gli sorrise, promettendogli meraviglie.

A molti chilometri di distanza, nella cittadina di confine di Ventimiglia, un uomo sulla sessantina, alto e vigoroso, si accomodò meglio nella poltrona che la sua mole faceva sembrare piccola, sul punto di sfasciarsi.

Quel colosso dall'espressione bonaria si faceva chiamare Michele, anche se non era il suo vero nome. Si adattava perfettamente alla forma arrotondata del suo viso, alla corta barbetta bianca, ai capelli corti tagliati in modo spartano e al maglione di lana grezza e a collo alto che indossava. Oppure, al contrario, era l'uomo che si era adattato al nome.

– Temo di non capire perché sei venuto da me – disse, rivolto all'amico che divideva con lui quella piccola stanzetta.

L'uomo che gli stava di fronte era un prete. La sua divisa nera lasciava scoperti solo un volto dai lineamenti talmente regolari da passare inosservati e due paia di mani enormi, simili a granchi. Al di sotto, si intuiva un fisico scattante, ben allenato dal lavoro all'aria aperta.

– Perché sei mio amico. E perché le persone che hanno bisogno di te sono anziane, ormai. E che probabilmente ci servirà l'appoggio di qualcuno che sia ancora... scattante.

Parlava un francese fluente, privo di inflessioni.

– Ma sei certo di tutto quello che mi hai raccontato? – lo interruppe l'uomo seduto sulla poltrona.

L'altro cambiò immediatamente lingua e rispose: – Più che certo. Lui non esce più dal suo palazzo parigino, e dirige ogni cosa da lì. Abbiamo chi lo sorveglia da vicino, sì, ma... credo che sia venuto il momento di intervenire in modo più deciso. – L'uomo increspò le labbra in segno di riflessione.

– Intervenire? E come? Da quello che mi hai detto... siete in ritardo. E forse hai fatto male a dirmi tutte queste cose, prima di sapere se posso accettare.

– Non parlerai. Mi fido di te più che di un fratello.

– Tu non hai fratelli, Sebastian.

– E nemmeno tu, Michele.

Il gigante fece un gesto con la mano destra, indicando distrattamente le molte cartine marinare appese alle pareti della stanza. – Anche accettando di partire subito, potrei solo seguirli a distanza e sperare nella fortuna..., il che equivale a non partire neppure. Non mi fido a muovermi senza uno straccio di piano. Ci vorrebbe un...

– Non ce l'abbiamo – tagliò corto l'altro, Sebastian, tornando a parlare in francese.

Michele scoppiò in una sonora risata, che fece vibrare tutta la poltrona. – Ma dove è andato a finire lo studioso che conoscevo io? Il compilatore di carte? Il traduttore di manoscritti antichi? Mi sembri un agente segreto.

Anche l'altro si concesse un sorriso, ma era molto più tirato, come un velo che nascondeva problemi inconfessabili. – Non è il caso di scherzare. Ci è già sfuggito il manoscritto della Meteora. E io... Non smetterò mai di rimpiangere di non aver avuto sufficiente denaro per comprarlo.

– Avresti dovuto rubarlo.

Sebastian sospirò:

– Avere una coscienza a volte è pericoloso...

– Soprattutto per gli altri.

Michele si alzò e si avvicinò al tavolo: la finestra aperta inondava la stanza di sole e dei rumori della strada; un vago odore salmastro accompagnava i suoni del vecchio borgo appena risvegliato.

Sebastian lo seguì, impaziente. Non aveva tempo né occhi per la vista che si godeva da quelle finestre; si accostò al tavolo e vi distese sopra una carta geografica molto dettagliata.

– Ecco..., vedi? Adesso è qui! – e posò il dito sopra il nome di Istanbul, la capitale della Turchia.

– Che è come dire che non sappiamo dov'è. Stai indicando il peggior dedalo di viuzze di tutta l'Asia Minore. E quello che abbiamo noi, in mano... è un semplice nome.

– È già qualcosa, non credi?

– Credi che possa essere utile il nome Mohammed? È come partire per Roma a caccia del signor Gianni. Ascoltami: non è sufficiente.

– Cosa proponi di fare, quindi?

– Dovete ancora sorvegliare Raphael, trovare un indizio in più, una certezza. E poi ci muoviamo.

– Non è così facile. È molto attento a quello che dice al telefono. E non ci sono nomi, date di partenza o di arrivo. Niente. A parte questo nome.

– Ed è per questo motivo che sei venuto da me.

Sebastian lo guardò, annuendo. Davanti a lui, Michele era inondato dal sole che proveniva dalla finestra. – Poniamo che accetti – disse. – Pensi ci possa essere anche un pericolo..., come dire... fisico?

Sebastian sibilò: – Non ho dubbi.

– Allora sarà meglio che riprenda i miei allenamenti. Sono un po' appesantito.

Sebastian lo soppesò con gli occhi: – Non si direbbe.

– Merito dell'aria di mare.

– Devo prenderlo per un sì?

Rimasero per qualche istante in silenzio, ciascuno nei propri pensieri, ognuno ricordando il proprio periodo di ricerca, i propri maestri. E un passato di cui non si poteva essere del tutto fieri.

Fu Michele a rompere il silenzio.

– Cosa vuoi che faccia?

Sebastian sospirò.

– Tieniti semplicemente pronto. Qui ho il denaro che ti può servire per il viaggio. Chiedimi ciò che ti può servire, tranne... armi, naturalmente.

Michele sorrise.

– Allora avrei una lista di cose interessanti da far prendere nella tua farmacia estera.

– In Francia?

– No. Lì non si trovano. E poi ti farebbero molte domande. Pensavo al... Vaticano.

– Sta bene. Lasciami i nomi. Tieni vicino il cellulare, perché la chiamata può arrivare da un momento all'altro.

Sebastian recuperò la mappa.

Solo allora si avvicinò alla finestra, rapito, e abbagliato, dalle scaglie d'acqua del mare scintillanti di sole. Le onde si abbracciavano con regolarità monotona alla base della scogliera su cui era stata costruita la città vecchia di Ventimiglia.

– Hai trovato un buon posto per vivere.

Michele sogghignò:

– È una città di confine, come piacciono a me. E poi nessuno vuole abitare nelle case vecchie.

– C'è anche una favolosa biblioteca.

Michele scompigliò i capelli dell'amico.

– Tu e i tuoi libri! Non puoi pensare una volta al mare, alle montagne, a una buona mangiata di pesce?

Sebastian sorrise, strinse la mano a Michele, lo abbracciò, poi scese le ripide scale che scendevano tra i vicoli.

6

La Grecia

– Mangia! Forza! Scegli quello che vuoi – proposero gli zii a Giovanni.

Claudio sollevava i coperchi delle pentole e Giuliana, col mestolo, riempiva direttamente il piatto del nipote.

– Siete sicuri che si faccia così? – domandò lui, interdetto.

– Parlano solo greco. Ci metteremmo un'ora a capirci, mentre in questo modo ce la sbrighiamo facilmente. Buona! Buona! – aggiunse, a beneficio dei proprietari, che ridevano divertiti.

Al terzo coperchio, Giuliana disse:

– Questa zuppa di cavoli è squisita. Sembra brutta a vedersi, ma è veramente buona!

Giovanni strinse i denti, cercando di non soccombere all'odore di quella brodaglia.

– Brutta come tutto il resto... – aggiunse la zia, guardandosi intorno.

In realtà, l'alberghetto in cui avevano sostato era semplice e moderno. Ma Giuliana, abituata a vivere tra mobili antichi e oggetti artigianali di vecchia fattura, si era persa in una delle sue fantasie inutili:

– Basterebbe dare un bel colore ocra alle pareti... – cinguettò. – Piantare lì fuori un pergolato di vite rampicante con tavoloni di legno grezzo per l'estate, togliere quei brutti quadretti dozzinal...

– E smettila! – la interruppe Claudio, con i coperchi in mano. – Tanto non puoi farci nulla: brutto è e brutto rimane. Vuoi prendere la tua zuppa di cavolo... o no?

Una volta seduti, Giovanni scoprì che la zuppa era veramente buona, come pure gli involtini di foglie di vite ripieni. Il pane era gustoso e croccante, leggermente bruciacchiato dal forno a legna, ma si sposava perfettamente con il sapore aspro della zuppa e il ripieno dolciastro degli involtini. Senza dire una parola il ragazzino ripulì i piatti col pane sotto lo sguardo compiaciuto di Giuliana.

– Partenza! – decise Claudio, che dato che c'era sparecchiò anche i piatti, portandoli direttamente in cucina.

Raggiunsero l'autostrada litoranea che costeggiava il mare Egeo: una lastra grigia sotto al pallido sole. Seguita da una processione ininterrotta di pali della luce di legno, attraversava macchie di alti eucalipti profumati, antichi ulivi contorti e oleandri pronti a esplodere di fiori non appena fosse calato il freddo. E, anche in quella stagione, l'onnipresente frinire delle cicale.

– Ma non cantano solo d'estate? – chiese Giovanni con la testa fuori dal finestrino.

– Forse cantano per chiamarla. O si allenano.

– Arriveremo al confine questa sera – commentò Claudio, per nulla coinvolto dalla discussione sulle cicale.

Al che Giuliana si preoccupò:

– Accelera, Claudio! Non mi va di arrivarci col buio.

– Dillo a Carnera: sta già facendo il possibile.

E così il giorno trascorse in una corsa interminabile, con qualche rara sosta per sgranchire le gambe.

In una delle più lunghe, Claudio e Giovanni si allontanarono lungo la strada per trovare un posto sufficientemente in alto per fare pipì controvento, e lo zio domandò a sorpresa:

– Ce l'hai una ragazza?

– In un certo senso – mentì il ragazzo.

– No – dedusse Claudio. – Buon per te. Aspetta il più possibile. Non servono a niente.

Giovanni rise e, tirandosi su la zip, pensò a cosa stesse facendo Lucilla. Vide davanti agli occhi il suo viso dalla pelle luminosa, addolcito da due fossette che si formavano quando rideva... e rideva praticamente sempre. Lucilla aveva uno strano modo di guardarlo che gli rimescolava lo stomaco e gli faceva pensare che lei ne sapesse il doppio di lui. Questa sensazione gli provocava spesso una rapida fuga al sicuro nel suo gruppo di amici. Raggiungendo la sagoma rassicurante di Carnera, in quel paesaggio deserto, si sentì all'improvviso, e per la prima volta, lontano. Nella sua mente apparve nitida e cristallina la consapevolezza di quante cose lo dividevano dal suo mondo. E quel pensiero lo ferì. Si accorse che gli mancava qualcosa: ad esempio Messico che si rotolava nel prato e si scrollava in casa incurante delle recriminazioni di sua madre. La sua vita normale di ogni giorno era incredibilmente ricca.

"Sono già vecchio?" si preoccupò.

Mentre Carnera correva sull'autostrada, il buio cominciò a salire da terra con melliflua determinazione; lentamente i colori si tuffarono nel grigio e annegarono.

– Ecco i soldati sulle torrette – disse Claudio, quando giunsero al confine.

– Ma hanno i mitra?

– Certo.

L'attenzione di Giovanni si risvegliò di colpo. Il confine tra la Turchia e la Grecia era puramente simbolico perché nulla del paesaggio suggeriva una differenza tra i due stati. Ma i nidi scavati nella terra e rinforzati da sacchetti di sabbia, proteggevano i colli ottusi delle mitragliatrici. Seduti in cima a quattro torrette di legno, alcuni soldati dall'espressione annoiata stringevano al petto mitra grandi come macchine da cucire e controllavano il traffico di autobus, camion e automobili di vecchia marca che procedevano stracarichi di bagagli nelle due direzioni.

Anzi: che non procedevano.

Claudio imprecò. Fermò Carnera a lato della strada e scese a parlamentare con i soldati turchi.

– Non ci sono mai stati così tanti mezzi fermi – spiegò Giuliana.

Si avvolse una sciarpa di seta nera attorno alla testa per cercare di passare inosservata e ottenne il risultato opposto di far risaltare ancora di più le sue ciocche di capelli rossi.

Giovanni osservò suo zio discutere animatamente con i soldati greci, agitare carte verdognole che poi sfogliava spiegando e rispiegando, indicando, discutendo tutto dall'inizio e mostrando altre carte di colori diversi. Altri due soldati passarono intanto in rassegna il camioncino con occhiate prive di espressione.

– Credo che vadano a scuola di chiusura mentale – commentò Giuliana, un po' seccata da quell'inutile meticolosità.

– Proviamo a passare – brontolò infine Claudio, tornando alla guida con movimenti nervosi. Senza aggiungere altro, passò le carte a Giuliana e fece rombare Carnera.

– Forza, bello mio – disse.

E sterzò verso un fossato pieno di un liquido fangoso.

– Ma cosa fai? – saltò su Giovanni.

Giuliana aveva ridotto gli occhi a due fessure: – Cloroformio – disse, come se in realtà stesse pregando.

– Cioè?

Claudio brandiva il volante come il capitano di una nave in mezzo alla tempesta. Spiegò, guardando il fossato dritto a sé: – Non siamo degni di entrare in Turchia così come siamo. Ci disinfettano.

– Ci disinfettano?

– I Turchi non si fidano dei Greci. Si chiamano rapporti di buon vicinato...

– Ma quando vado in Francia nessuno ci disinfetta!

– Be': qui è diverso!

Nello scendere nel fossato, il muso di Carnera si inclinò pericolosamente verso il basso. – Speriamo bene, Giovanni...

Carnera piombò nel fossato, si disinfettò diligentemente le gomme col cloroformio e risalì arrancando dall'altra parte. Nessuno dei tre disse una sola parola, ma quando il vecchio camion fu fermo sull'altra sponda, Claudio strinse il pugno della mano destra in segno di vittoria.

A quel punto, però, i soldati turchi si avvicinarono per vedere le carte che accompagnavano il camion. Claudio ridiscese sorridente e consegnò loro i vari documenti. L'aria impassibile e vagamente feroce dei soldati era la prova che l'esercito turco poteva esercitare su chiunque, soprattutto se indifeso come loro, la propria autorità.

E infatti quelli restituirono le carte a Claudio e gli fecero cenno di ritornare in Grecia; lui allibito, provò a protestare, ma i soldati si limitarono a poggiare le mani sui loro vecchi fucili di fabbricazione sovietica.

– Claudio... – lo supplicò Giuliana dal finestrino, vedendo che anche davanti alle armi suo marito cercava di far valere le proprie ragioni. Sporgendosi dal finestrino, un ricciolo rosso ribelle le uscì da sotto il velo e quello, se possibile, fece irrigidire ancora di più i soldati.

Le parole che Claudio digrignò tra i denti tornando a bordo furono probabilmente la peggior sequenza di parolacce che Giovanni avesse mai sentito in vita sua. Si appuntò mentalmente di ricordarsela nei suoi racconti con gli amici.

In ogni caso, Carnera fece dietro-front e tornò in Grecia attraverso il fossato.

I soldati greci che avevano assistito alla scena, cercarono di aiutare Claudio e Giuliana a compilare altri due incartamenti. Dopodiché Carnera tornò a guadare il fossato puzzolente e risalì in Turchia. Claudio scese a consegnare le nuove scartoffie ancora fresche di inchiostro, ma, già alla prima rapida occhiata, i soldati cominciarono a scuotere il capo. Claudio cominciò a grattarsi furiosamente il collo, tipico preludio di un'esplosione di collera e Giuliana decise di scendere ad aiutarlo, ormai convinta che i soldati stessero per fucilarlo. Il suo arrivo fu accolto con un gelido disprezzo: Giuliana provò a reclamare, ma Claudio le afferrò un braccio con forza e provò ad allontanarla:

– Taci! – le sibilò a mezza bocca. – Non capisci che sei una donna?

E sorrise con una certa soddisfazione.

Giuliana restò immobile come una statua, folgorata dal pensiero che gli uomini che aveva davanti potessero essere un gruppetto di musulmani intransigenti. Senza una parola, risalì sul camion e si accoccolò immusonita sul sedile.

Il danno era fatto. Carnera ripercorse il tragitto all'indietro e tornò in Grecia. Aveva le gomme più disinfettate del pianeta.

Altri conciliaboli con i soldati greci, altre carte compilate, vidimate, timbrate... e quinto tuffo nel fossato del cloroformio.

– A forza di respirare questi vapori, ci addormenteremo di colpo – brontolò Giuliana, mentre il camion risaliva faticosamente la riva fangosa dalla parte turca.

Niente da fare: i soldati rigidi e impettiti negarono di nuovo valore alle carte, scrollarono con determinazione la testa e Carnera ridiscese nel suo bagno privato.

– Allora! – ululò Claudio aggredendo i Greci. – Vogliamo scrivere tutto quello che c'è da scrivere, timbrare tutto quello che c'è da timbrare, compilare tutto quello che c'è da compilare?

I soldati greci cercarono altre scartoffie, stesero altri verbali, riunirono il direttivo in una lunga conversazione in greco stretto al termine della quale si ricordarono come all'improvviso dell'esistenza di un foglio rosa pallido, dall'aspetto marziale e indispensabile. L'unica copia esistente, grande come un quotidiano, venne recuperata dopo aver chiesto praticamente a tutti i soldati della frontiera dove potesse essere stata archiviata. Ma alla fine saltò fuori, venne compilata e consegnata. Claudio sorvegliò l'intera operazione come un avvoltoio, lanciando di tanto in tanto cenni di intesa ai turchi immobili venti metri al di là.

Forte di quel nuovo documento, saltò a bordo ed esclamò: – Forza, Carnera, adesso vedrai che entriamo!

Il camioncino, obbediente, guadò per la settima

volta il fossato e risalì pesantemente dall'altra parte.

Ma i soldati che avevano assistito impassibili al l'agitazione del presidio greco, trovarono oltremodo divertente non accettare neanche quelle carte e rispedire in Grecia l'intera combricola.

– Non ci credo – osò dire Giovanni.

Giuliana gli diede un pizzicotto sulla gamba, facendogli capire che era meglio non dire assolutamente niente.

– Noi non riusciamo a entrare in Turchia e loro vogliono entrare in Europa? – grugnì Claudio con il camion immerso nel cloroformio fino a mezza gomma. – Glielo dico io da che parte possono entrare in Europa!

Ascoltando la coloritissima proposta di suo zio che seguì, Giovanni scoppiò a ridere. Dall'iniziale seccatura che era, quella frontiera era ormai diventata una farsa.

– Ma adesso come facciamo? – si domandò Giuliana, quando Claudio restituì il quintale di cartaccia al soldato greco che li aspettava di là.

– Bulgaria – consigliò loro il soldato, in un inglese da quinta elementare. – Da là passate. Ma non di notte, eh! Pericolo di notte!

– Bulgaria – ripeté Claudio, stendendo una mano.

Giuliana spalancò il cruscotto di Carnera e afferrò la cartina stradale d'Europa. Seguirono con un dito il possibile percorso con il dito.

– Certo: Bulgaria.

Ingranò la marcia e puntò il muso di Carnera verso nord-ovest. Accesero la radio, si sintonizzarono su tre diverse stazioni di musica Greca e la spensero subito dopo.

– Rimpiango Vasco Rossi – borbottò Claudio.

Giovanni guardava il buio che correva fuori dal finestrino. Avrebbe attraversato anche la Bulgaria. Non che fosse questo gran bel vedere, ma, almeno, avrebbe potuto sempre dire di esserci stato.

Si fermarono a dormire in una pensione di mattoni crudi, non intonacati, decrepita e vecchia, con finestre piccole e porte ancora più piccole.

– È per tenere fuori il freddo – ci tenne a precisare Giuliana, con espressione da antropologa. – Non trovate che ci sia una certa bellezza in tutta questa decadenza?

Claudio ingoiò ciò che stava per dire e volse gli occhi al cielo. – Datemi solo un letto.

Sprofondarono soddisfatti nei vecchi letti della pensione.

– Sono puliti – fu l'ultima cosa che disse Giuliana, prima di crollare.

La mattina diede loro un po' di carica. Si lavarono sommariamente e scesero a far colazione. La proprietaria li accolse con un bricco di caffè fumante e pane caldo da imburrare.

– Noi prendiamo tè senza zucchero – decise Giuliana per sé e per suo marito. – Un po' di pane senza niente... sì, e latte cagliato. Dobbiamo viaggiare.

Per un attimo, a Giovanni parve che negli occhi di Claudio ci fosse un certo rimpianto per il caffè. O, forse, era per la sua fetta di pane su cui il burro si stava rapidamente squagliando.

Poi la proprietaria della locanda gridò:

– Pazzi! Non potete andare in Turchia! C'è il colera!

– Cosa significa che ci sono problemi al confine? – imprecò l'uomo di Parigi, aggrottando la fronte. Si era allontanato dal viso i capelli che non c'erano e aveva nervosamente cercato con la mano una matita per scarabocchiare qualcosa. – E allora perché non prosegui in aereo?

Silenzio.

– Ah!... Non c'è aeroporto... Bene! Certo. Avrei dovuto affidare l'incarico a un altro, allora. Poteva partire direttamente dal Charles De Gaulle. Vive la France! – concluse, spezzando la matita in uno scatto d'ira.

Ma non aveva tempo di rivedere i suoi movimenti e di rimpiangere le strade non percorse. Ormai sentiva l'urgenza di una cosa che doveva concludersi.

– Un giorno, dici? – sibilò al telefono. – Ok, Walter. Ma che sia un giorno solo. E richiamami non appena arrivi a Istanbul.

Riattaccò, cercando di convincersi che qualche giorno in

più non avrebbe cambiato nulla. E poi cercò di ricordare chi avesse scritto che l'attesa prolungata di qualcosa, a volte, è più piacevole della cosa stessa.

– Uno che non ha mai atteso – concluse, alzandosi in piedi e osservando la Torre Eiffel con l'attenzione con cui si può osservare un vicolo sporco.

Nell'altra sala da pranzo del suo palazzo, dopo il lungo corridoio, un'altra mano posò con delicatezza un'altra cornetta al suo posto.

3. Il suo prezzo è di trenta denari

7

Il colera

La proprietaria della locanda continuava a scuotere il capo e a farsi il segno della croce, indicando la strada che correva fino al confine con la Bulgaria.

In piedi davanti a lei, Giuliana provava a ottenere qualche informazione in più, utilizzando un disperato miscuglio di italiano, inglese, greco scolastico e linguaggio dei segni: – Un'epidemia di colera? In Turchia? Ma in quale parte della Turchia?

– Non ci credo – disse Giovanni.

– Con il cavolo che torniamo indietro – decise Claudio. Uscì nel cortiletto di ghiaia e prese ad armeggiare col suo cellulare, cercando i numeri di un suo amico antiquario che viveva a Istanbul.

Riuscì a trovare la linea libera al terzo tentativo.

– Alil? Sei tu? Sono Claudio... sì: Claudio e Giuliana... Molto contento, anch'io. Poi ne parliamo. Benissimo. Ma... Ascolta! Sono al confine con la Bulgaria... Sì, sì... te lo posso spiegare dopo perché sono finito quassù? Sì... i soliti turchi... va bene. Ascolta! State morendo di colera? – poi ascoltò, cupo, per alcuni minuti. Il suo viso si distese a poco a poco, e alla fine rise, o, meglio, sogghignò. – Ho capito. Sì. Grazie Alil. È tutto chiaro, adesso.

Chiuse la telefonata e tornò al tavolo, senza dire una sola parola. Si servì una fetta di pane e cominciò a spalmarci sopra un dito di burro.

– Allora? – gli domandò Giovanni.

– Nessun colera. Propaganda anti-turca messa in circolazione dai Greci.

Giuliana si piazzò davanti alla locandiera.

– Capito? No colera! No colera!

La locandiera non ne voleva sapere e aveva ancora il viso preoccupato:

– Vuoi sentire radio?

Claudio agitò il coltello imburrato e fece segno di no. – Tranquilla. È tutto sotto controllo.

– Claudio! – esclamò Giuliana.

– Che cosa?

– Cosa stai mangiando?

Lui si chiuse in una stretta di spalle.

– Ah, scusa. È l'agitazione.

Mangiarono rapidamente e si rimisero in viaggio,

ma prima di lasciarli partire, la locandiera insistette per regalare loro una corona d'aglio e tracciare un grande segno della croce sul muso di Carnera.

– Bene: disinfettato sei disinfettato, l'estrema unzione l'hai avuta. Ma ora datti da fare, eh? – picchiettò Claudio sul volante, molto divertito.

Il confine bulgaro era sorvegliato da due soldati annoiati. Uno di loro, con una vecchia macchina per dare il verderame appesa alla spalla, irrorò le gomme di Carnera con il solito cloroformio, poi fece cenno a tutti e tre di scendere e indicò un bidone di plastica pieno d'acqua. Si lavarono diligentemente le mani, poi Claudio allungò ai soldati 100 dollari e nessun documento e, in un batter d'occhio, furono in Bulgaria.

– Aaaaahhhhh! Ecco come dovevo fare! – urlò, furioso di non averci pensato prima.

In Bulgaria c'erano ciclopiche strade asfaltate, completamente deserte, che permettevano a Carnera di esibirsi in tutta la sua potenza. Ma era una specie di gara in solitario: non c'erano altre auto, ma carretti con ruote gommate trainati da muli e cavalli. E, a bordo di quella distesa d'asfalto, povere case di due piani.

– Rose, rose... – enumerò Giovanni, contando le piante fiorite nei campi a ridosso dei muretti. – E ancora rose.

– È la coltivazione tipica della Bulgaria – intervenne Giuliana. – Sono i più grandi produttori di estratto di rose del mondo, credo.

– E vivono in quelle catapecchie?

– Bada a come parli. Sono profumatissime catapecchie ex-comuniste – commentò Claudio, sarcastico.

– È un paese povero, molto povero – continuò Giuliana. Poi indicò a Giovanni una schiera di piccole case di legno. – Vedi quelle?

– Le casette dei bambini?

– Sono arnie. – Giuliana rise. – Ogni casa ha le sue arnie per il miele. Fiori e api sono un'accoppiata vincente!

– Ma a loro bastano appena per sopravvivere – precisò Claudio scuotendo il capo.

Il sole pallido non riusciva a dissolvere la foschia che abbracciava i monti più lontani. Corsero per ore senza incontrare anima viva e, finalmente, raggiunsero il confine con la Turchia. Ogni eventuale gioia si bloccò di colpo. E, di nuovo, si rabbuiarono tutti e tre, poiché anche su questo confine c'era una coda interminabile di auto sgangherate, autobus, camion della seconda guerra mondiale, tutti diligentemente parcheggiati a bordo strada, e circondati da una fiumana di gente a piedi che aspettava, in coda, il visto per entrare in Turchia.

– Oh, no! – esclamò Giovanni, non appena li vide.

– Claudio! Rallenta!

– Rallento – accettò lui. – Ma non mi fermo.

– Cosa ci fa qui tutta questa gente? – si domandò il ragazzo.

– Vanno a comprare a Istanbul per poi rivendere sul mercato nero – sentenziò Claudio.

– Cioè?

– In paesi come la Bulgaria non hanno niente da comprare – spiegò Giuliana. – E così queste persone vanno in Turchia a comprare tutto ciò che possono, poi tornano in Bulgaria e lo rivendono al doppio.

– E glielo lasciano fare?

– È commercio anche questo. E va bene a tutti e due.

– Io provo – annunciò Claudio, battagliero.

Spinse Carnera al lato di quel fiume paziente di persone, ciascuna ben decisa a ottenere il "visto" per passare e, senza quasi respirare, li sorpassò tutti.

Il soldato al posto di blocco gli porse la mano per i documenti.

– Italiani? – domandò in italiano. – Passate pure! – decise, senza nemmeno terminare di sfogliare gli incartamenti.

Giovanni si sentiva pungere sulle spalle lo sguardo di tutti quei poveretti che erano in coda dietro di loro. Ma Claudio non se ne curò affatto. Attese solo di essere lontano dai soldati e lanciò un urlo liberatorio, a cui Giovanni e Giuliana si unirono senza riflettere.

– Aaaaaaaaahhhhhhh!

– Siamo in Turchia! Siamo in Turchia! – ripeteva Giovanni, tempestando il cruscotto di pugni.

Giuliana scuoteva i capelli rossi ridendo e sbatteva i piedi a terra. Carnera tossicchiò educatamente e, subito dopo, nella cabina di guida si ripristinò l'ordine.

– Quanto ci vorrà per arrivare a Istanbul? – domandò Giovanni.

– Circa due ore. Non è vero, Carnera?

Nella sua casa di Ventimiglia, Michele spalancò l'armadio e ne tirò fuori blu-jeans puliti, cinque maglioni, e una decina di camicie. Le impilò sul letto accanto alla biancheria e prese da sotto il letto un borsone da viaggio afflosciato. Aggiunse un paio di scarpe comode, un paio di occhiali da sole, dentifricio e spazzolino da denti e, soddisfatto, richiuse il tutto, spingendolo di nuovo sotto il letto.

Al confine con la Francia c'era una bella giornata di sole, mentre a sentire il telegiornale sembrava che nel resto d'Italia il tempo fosse brutto. La cosa gli aveva messo una certa allegria, e la voglia di godersi un po' di aria fresca. Aprì la porta a vetri che dava sulla terrazza quadrata sul retro e si complimentò, come faceva sempre in cuor suo, con la saggezza dei vecchi costruttori che facevano le terrazze sul retro delle case a picco sul mare perché offrissero un riparo dal sole e vi si potesse mangiare senza essere abbacinati dal riverbero della luce.

Si mise così nel centro della terrazza e fece un quarto d'ora di esercizi di respirazione. Quando gli sembrò di essere in perfetto equilibrio psico-fisico cominciò a muoversi con eleganza in una specie di balletto di salti e giravolte, che lo lasciarono ben presto ansimante.

Era decisamente fuori forma.

Stava per rientrare, quando si accorse che, dall'unica finestra affacciata sul terrazzo, la vecchia Filomena era rimasta a bocca aperta.

Michele le fece un cenno di mano e un'ultima piroetta, a cui la vecchina rispose molto perplessa.

Lui si passò una mano sulla fronte per detergere il sudore e rientrò in casa.

8

ISTANBUL

Istanbul era un pizzo di minareti, di campanili e di antiche chiese cristiane divenute moschee. Aveva colori particolari, che sembravano quasi sfaldarsi, come fatti di profumo. Era un'onda di costruzioni addossate le une alle altre, fessurate da vie minuscole e intricate che si gettavano sullo sfondo lucente del mare.

Quando la vide apparire sui due lati del Bosforo, Giovanni rimase senza fiato.

– Eccola, Giovanni... – disse Giuliana, senza aggiungere altro a quanto gli occhi stavano già comunicando. Il ragazzo avrebbe voluto dire qualcosa, ma aveva la sensazione che sarebbe riuscito solo a formulare una sciocchezza.

– Ho fame – disse Claudio, impermeabile a ogni

forma di poesia. E mise la freccia per fermarsi nell'ultima stazione di servizio dell'autostrada.

– A quest'ora?

– In Turchia si può mangiare nelle aree di sosta a qualunque ora del giorno e della notte, 24 ore su 24 come negli antichi caravanserragli – gli spiegò Giuliana.

E Claudio aggiunse:

– E mangi cose genuine.

Giuliana annuì vigorosamente:

– Lo yogurth è come una crema, l'airal è un sapore che da noi non c'è...

Giovanni assentì un poco strafottente: difficilmente avrebbe sentito la mancanza di quel fortissimo latte acido.

– ... E poi hanno un risotto di grano spezzato, il bulgur, che è secondo solo alle fasolie di verdure stufate. E sai perché sono così buone? Perché le coltivano senza alcun pesticida...

Claudio spense il motore di Carnera, poi finse di provare a spegnere anche Giuliana con le stesse chiavi.

– Io scendo, enciclope-turchia.

Giovanni scavalcò la zia e balzò a terra.

– Mustafà –: si presentò davanti a lui un ragazzo della sua età, che aveva la voce grave di un adulto. Si indicò il petto, e il secchiello di acqua saponata.

– Digli di sì – lo consigliò Claudio dall'altra parte del camion, dirigendosi verso l'edificio basso della stazione di servizio. E quando Giovanni lo raggiunse, gli spiegò: – In Turchia nessuno ti chiederà mai l'elemosina. Si chiama dignità. Anche se sono poveri, se ti chiedono qualche soldo ti danno qualcosa in cambio. E i nostri fanali avevano bisogno di una bella lavata...

Il gridolino di Giuliana fece capire loro che la prima secchiellatta di Mustafà era arrivata anche su di lei. Giovanni rise, mentre Claudio si limitò a scuotere il capo con rassegnato divertimento.

Si lavarono le mani in una toilette di splendido marmo bianco tenero e poi raggiunsero il bancone, insieme a un paio di altri clienti. L'attenzione di Giovanni fu calamitata dalle loro scarpe: erano specie di galosce di gomma, con le stringhe stampate sopra come le scarpe vere.

– Claudio...? – iniziò a domandare.

– Ataturk – rispose lo zio, piazzandosi davanti una pila di focaccette di pane azzimo, senza sale, calde e fumanti, che sembravano aspettarli.

Mentre ne indicava una per sé e una per Giovanni, spiegò: – In Turchia erano tutti a piedi nudi, poi Ataturk, uno dei loro più grandi presidenti, ha ideato quel modello che non costa nulla e... ha risollevato il loro morale.

Giovanni risollevò il suo mangiando ben quattro focaccette consecutive.

Capirono di essere veramente arrivati quando vennero avvolti dall'odore di Istanbul: un profumo dolce e persistente, fatto di spezie, pesce e benzina. Si addentrarono nella parte vecchia inghiottiti da un viavai caotico come formiche in un formicaio di strade.

– Siamo quasi al Gran Bazar! Guarda, Giovanni, guarda!

Giovanni guardava incantato quello sciamare di persone, con uno strano modo di vestire all'occidentale, con tocchi di oriente: una volta era un paio di calzoni larghi e colorati, un'altra un morbido turbante o un velo nero.

– C'è un sacco di donne senza velo! – esclamò.

– Ataturk – ripeté Claudio, lottando nel traffico per dirigersi nella direzione che, secondo lui, era giusta. Claudio indicò a Giovanni alcune insegne al neon. – Oltre alle scarpe stampate, ha abolito l'uso dell'alfabeto arabo e ha scelto di usare i caratteri latini per far comunicare oriente e occidente. E ha abolito il velo per le donne. E la poligamia.

– La cosa?

– Poligamia; prima, un uomo poteva sposare più mogli.

Giovanni, a cui non era mai passato per il capo che ci potesse essere più di una mamma in famiglia, domandò:

– E quelle con il velo, allora?

– Qualche vecchia contadina – rispose Giuliana.

– O qualche studentessa che vuol farsi notare – aggiunse Claudio. – Un po' come quelli che da noi portano la maglietta di Che Guevara.

Giovanni rise.

– Io ce l'ho!

– Appunto – masticò Claudio, che era da sempre allergico a chi usava i vestiti per scopi diversi dal ripararsi dal freddo.

Dopo aver controllato qualcosa intorno a sé, piazzò Carnera di traverso in un incrocio e, incurante delle proteste di qualche migliaio di turchi, lo attraversò da parte a parte.

– Claudio! – urlò Giuliana praticamente per tutta la durata dell'operazione, cercando all'inizio di scusarsi a gesti dal finestrino e rinunciandovi poi poco dopo, seppellendosi il viso tra le mani.

– Siamo arrivati – aggiunse Claudio. Erano al cospetto di un grande arco, che costituiva l'inizio del Bazar coperto e faceva da sbocco a miriadi di viuzze che salivano e scendevano nella parte alta della città. Vi erano affacciate un'infinità di botteghe di ogni dimensione, alcune minuscole, di una sola stanza, con le merci allineate in strada.

Parcheggiarono Carnera in una piazzetta del Bazar scoperto. Giuliana non osava ancora guardarsi intorno.

– Il nostro amico Alil abita in quella grande casa là – indicò Claudio, smontando tranquillo dal camion. Si stiracchiò platealmente e poi invitò Giovanni a scendere, indicandogli l'arco. – Voglio farti vedere un po' di Bazar.

– E lasci Carnera aperto? E se te lo rubano?

Claudio rise di gusto:

– Non in Turchia. Sono le persone più oneste del mondo. Guarda quel cambiavalute... sta contando mucchi di soldi sul tavolino, sicuro che nessuno cercherà di rubarglieli.

Giovanni guardò un uomo dalla pelle cotta dal sole, che, sulla strada, aveva impilato davanti a sé mucchietti di monete e banconote colorate.

Anche Giuliana scese dal camion e i tre, senza altre parole, si addentrarono nel Bazar.

L'ultima cosa che Claudio disse fu:

– Stacci vicino e non ti allontanare, perché è come un labirinto. Se ti perdi, ricordati questo nome: Alil.

Case basse, addossate le une alle altre, disegnavano un reticolo di vie contorte. Volte arcuate coprivano le strade, formando interminabili tratti di porticati e gallerie. I viottoli, stretti e tortuosi, erano percorsi da un viavai incessante e rumoroso di clienti e commercianti. C'erano botteghe e botteghe: pellame lavorato che spandeva odore di concia, rame sbalzato in migliaia di forme, cotoni e drappi sgargianti, ceramiche smaltate e vetri arcuati. C'erano botteghe di argenti fantasiosi, di specchi con le cornici sbalzate e ciondoli e collane con pietre opache e scintillanti. Ori e monili, sacchi di bacche scure o rosse come il sangue e profumi che davano alla testa. L'aria era satura di grida, del chiacchiericcio e risate di uomini e donne. Di tabacco e fumi d'incenso. Occhi liquidi, occhi stretti e sottili, occhi arrossati dal sonno. E mani, mani in continuo movimento, che spostavano e sottolineavano, contavano e scambiavano. Giovanni vide uomini scuri e chiarissimi, capelli rossi e biondi, visi affilati e scolpiti, altri morbidi come il burro. Barbe, riccioli e turbanti. Orecchini e pendenti. Donne magrissime e donne grasse, cariche di cesti di vimini. Era un movimento frastornante, in cui era impossibile cercare di vedere tutto. Ci provò, cercando di non perdere di vista la chioma fiammeggiante di sua zia e di non smarrirsi in quel dedalo di vie intricate.

Claudio si fermò accanto a un cambiavalute. Contrattò un poco e gli lasciò cento euro, ricevendo in cambio la valuta locale. Poi, come uscendo da un fiume in piena, si ritrovarono sotto l'arco d'ingresso, e uscirono, davanti a Carnera.

– Il nostro amico Alil è uno dei collezionisti di tappeti antichi più conosciuto della Turchia...

Giovanni fece un cenno di assenso col capo.

– Ed è un tale conoscitore di tappeti Kilim, che quando gli esperti del Topkapi hanno qualche dubbio vanno a chiedere a lui.

– Che cosa è il Topkapi?– si informò Giovanni che camminava spedito in mezzo agli zii verso l'imponente abitazione di Alil.

– È il palazzo del pascià... si dice così, Claudio? Non si dice re, vero? Oggi è un museo: ci sono gli smeraldi più belli che io abbia mai visto... e le porcellane più incantevoli, raccolte nella più incredibile delle cucine, e c'è un pugnale con un brillante talmente luminoso da accecarti...

– Fantastico!

– Volete piantarla? – li interruppe Claudio. – Siamo arrivati..., al Topkapi ci andremo solo se avremo tempo!

Si avvicinò al battente e lo picchiò con forza.

Aprendo la porta, Alil sorrise e si inchinò con la mano sul cuore per salutare i suoi amici stranieri. Era alto, imponente, con i capelli spruzzati di bianco e due incredibili occhi azzurri. Giovanni, che si aspettava di incontrare un uomo dalla pelle scura e la barba folta, rimase quasi deluso.

– In Turchia ci sono anche biondi e rossi – sussurrò Giuliana. – Per via degli incroci di razze del passato...

Alil aveva una voce calda e parlava molto lentamente. Li scortò nel cuore della casa, dove li aspettava Zeinept, sua moglie.

Lei sì che era bruna e con gli occhi scuri; era un donnone imponente, addolcito da un viso bellissimo e regolare. Si baciarono per tre volte, si abbracciarono, si sorrisero, poi Zeinept si recò in cucina, da cui uscì con un vassoio dai manici incrociati, che si univa in un anello che lei trasportava con un dito.

– Ecco gli emaciai... – sorrise, porgendo a ciascuno un bicchiere panciuto. Versò il tè di mela e offrì un piattino di semi di zucca decorticati da sgranocchiare.

Giovanni sorrise, un poco a disagio, perché stavano parlando tutti inglese. Claudio, Giuliana, Alil e Zeinept tenevano un ritmo fluente e scorrevole. Rivolgendosi a lui, Giovanni tentò di rispondere in modo balbettante, facendoli ridere di gusto.

– Sai, Giovanni... – gli corse in aiuto Giuliana, – Alil è un farmacista. Si è pagato gli studi vendendo a Istanbul i tappeti della sua città, Nigde, in Cappadocia. Ha cominciato così e non ha più smesso; Zeinept è laureata in lingue, ma, in realtà, è la più abile commerciante della città.

La donna rise divertita.

I tempi di quella conversazione erano calmi, lenti e il dialogo non subiva silenzi o tensioni.

Tutto era amichevole, tranquillo.
Orientale.

Soltanto quando il buio fece capolino anche nella stanza, Alil accompagnò i suoi ospiti nei piani alti della casa: tre piani coperti di pile di tappeti Kilim, persiani e turchi. E poi, nelle stanze sotterranee, antichi tappeti Kayseri, rari arazzi della Cappadocia e preghiere di seta da appendere al muro.

Giovanni taceva confuso dai nomi e dai colori, osservando per la prima volta con occhi diversi quegli oggetti su cui era così abituato a camminare nella sua vita di sempre.

Quando uscirono, il cielo era tutto una stella. Il caravanserraglio coperto aveva chiuso i suoi portoni per la notte e di guardia c'era un soldato con un mitra. Recuperarono i bagagli da Carnera e, mettendoseli a spalle, si diressero verso il ponte di Galata, sospeso sullo stretto di mare chiamato il Corno d'Oro. Al di sotto del ponte c'erano i barconi dei pescatori, a centinaia, attraccati alle ringhiere con corde robuste. Sui ponti ardevano enormi bracieri a legna che friggevano pesce azzurro. Una volta che il pesce era cotto, un pescatore lo afferrava con le dita nude e lo infilava in un pane caldo tagliato a metà, e avvolto in una ruvida carta da macellaio. Il tutto veniva poi tuffato in un secchiello colmo di cipolla affettata.

A Giovanni, mai, il pesce era parso così buono.

Claudio deglutì ridendo:

– I Turchi dicono che i pesci sono l'unica cosa buona che arriva dalla Russia, lungo lo stretto del Bosforo... – e ridacchiò ancora tutto soddisfatto.

Mentre mangiavano, osservavano il via vai mai interrotto di gente d'ogni tipo. La notte liquida e avvolgente felpava i rumori; l'acqua del Corno d'Oro scintillava e le luci della città vi si specchiavano cangianti. Una torre lontana dominava imperiosa l'altra riva dello stretto.

Giuliana gliela indicò:

– Quella torre si chiama Galata, ed è italiana. L'hanno costruita i genovesi attorno al 1500. Il nostro albergo è lì vicino. Alil voleva ospitarci, ma abbiamo preferito essere più liberi di muoverci.

L'Hotel lo lasciò senza fiato. Il Pera Palace era antico, di legno, in stile coloniale inglese. Era l'albergo in cui si era nascosta Agatha Christie, quando il mondo intero la cercava. Il pavimento scricchiolante era cosparso di tappeti e tutto intorno erano legno e ottoni. L'ascensore era di ferro battuto con fregi in ottone: un ragazzino in livrea rossa aprì loro la porta e lo fece salire un po' cigolando al piano dove avrebbero dormito. Raggiunsero la loro camera alla fine di un grande corridoio tappezzato di quadri. Sulla porta, una targa ricordava che in quella stanza aveva soggiornato Vittorio Emanuele di Savoia.

– Hanno voluto onorarci con una camera dove era già stato un italiano illustre... – spiegò Claudio, tutto soddisfatto.

La stanza era enorme, con una vista sul Bosforo mozzafiato, arredata con mobili francesi che parevano appena usciti da una cabina dell'Orient Express.

Giuliana entrò nel bagno.

– Oh, oh... – disse.

Anche il bagno era d'epoca, con rubinetti d'ottone e vecchie tubature, dai sifoni si spandeva un odore tutt'altro che gradevole.

Ma, avvolti da quei giganteschi letti d'un tempo passato, dormirono tutti e tre un sonno profondo e ininterrotto.

L'uomo di Parigi era stato un bambino delicato e fragile, che aveva trascorso buona parte della sua infanzia in lussuosi ospedali, in compagnia di medici e infermiere. Della sua infanzia infelice non si sapeva quasi nulla, come, d'altra parte, della sua maturità. Qualunque fossero i suoi segreti, quell'uomo si era creato una personalità che non passava inosservata, e oggi, sulla soglia dei cinquant'anni, ogni volta che entrava in una sala, il brusio delle chiacchiere diminuiva e gli occhi si posavano su di lui attratti da un non si sapeva bene cosa e che lui non si dava alcuna cura di svelare.

– È Raphael, il figlio minore di Gilda Vivienne, quella bella donna con i capelli candidi... – dicevano alcune voci.

E altre ancora:

– La moglie del conte De Vigny, che è morta qualche anno fa...

– Il figlio di Gilda Vivienne! Ma non è possibile!

– Non le somiglia per niente!

– Lo dicono tutti. E il conte ha avuto parecchi problemi da un erede maschio così poco rappresentativo...

– È di salute cagionevole.

– È uno studioso, però. Passa il tempo sui libri...

– Ed è comunque ricchissimo...

– E allora perché nessuna se lo sposa?

– Non saprei. Forse, a lui non interessa...

– E la sorella?

– Lei ha trovato marito e credo viva in Provenza, nel sud della Francia. Ma i due fratelli non si amano. E non si vedono quasi mai.

Eppure, lui amava conversare: si considerava un piacevole conversatore, oltre che un uomo piacevole, con i suoi vestiti eleganti, in stile inizio secolo, con abbottonatura alta e vistose martingale. Ma qualcosa di incontrollabile, di indefinibile, che emanava dagli occhi troppo diretti e penetranti, spingeva le persone a salutarlo con deferenza e ossequio, e a sfuggirlo subito dopo.

Raphael si era abituato alla solitudine: aveva studiato

da solo, aveva conosciuto altri studiosi come lui. E aveva capito che l'unica compagnia di cui aveva bisogno era quella dei suoi domestici che poi, non si illudeva, gli restavano vicino solo per lo stipendio da favola con cui li retribuiva e per il poco lavoro che, in definitiva, dovevano svolgere per mantenere il suo enorme palazzo parigino.

A quel pensiero, smise di colpo di mangiare, appoggiando la forchetta d'argento sul bordo del piatto. Poi si alzò dal lunghissimo tavolo da pranzo apparecchiato per uno e scivolò fuori dalla sala, attraverso una porta laccata in tre toni di verde.

Nel lungo corridoio sentì squillare il telefono. Si affrettò a raggiungere il suo studio e sollevò la cornetta. Sentì la voce di Celeste che aveva già risposto.

– Celeste! – esclamò. – È per me. Lascia pure la conversazione.

Sentì un paio di tac sulla linea. Poi, la voce lontana di Walter.

Il suo uomo.

– Sei arrivato a Istanbul? Bene. Vai subito da Mohammed. E allora? Se è notte... no. Non è aperto. Cercati un albergo, ma domani mattina per prima cosa vai da lui.

Riagganciò.

Sarebbe stata la notte più lunga della sua vita. Anche perché era certo che Walter avrebbe dormito comodamente e si sarebbe svegliato con tutta calma, quando gli avrebbe fatto piacere. Walter non poteva comprendere. Non poteva sapere.

Immaginò che avrebbe fatto colazione con tutta calma, leggendosi le notizie del giornale fino all'ultima, con quella orribile scimmietta arrampicata sui capelli. Sarebbe andato tutto liscio, si disse.

Ma perché, allora, un sottile timore gli impediva di essere completamente rilassato? Perché il suo cuore cercava di soffocare un orribile presentimento?

Chiuso nei suoi pensieri, non notò l'ombra che scivolava dal finestrone della terrazza del suo studio per poi rientrare, poco più in là, nella vicina camera da letto.

9

La scatola

L'alba a Istanbul era già carica di rumori di attività frenetica e di pungenti odori di spezie misteriose. Giovanni aveva ancora gli occhi pesanti di sonno, ma li riaprì di colpo appena entrato nella caffetteria dell'albergo, a destra del salone d'ingresso.

– Te l'avevo detto che è una delle sale più belle di Istanbul! – esclamò Giuliana, convinta e soddisfatta.

Tappeti folti annullavano i passi, pesanti tende occidentali che nascondevano pizzi sontuosi trattenevano le prime luci del mattino fuori dal tempio della colazione. I tavoli e le sedie erano bassi, le lampade di merletto, i divanetti avvolgenti e i quadri ottocenteschi avevano ricche cornici dorate; l'atmosfera era densa di vita vissuta, di passato signorile, di cultura, di amori e di intrighi. Più che sufficiente a zittire in muto rispetto un ragazzetto italiano alla sua prima uscita nel mondo.

Arrivò il tè elmaciai, molto più forte di quello di Alil, accompagnato da ciambelle ai semi di sesamo, l'airal al giusto punto di acidità, il miele profumato in favi e grandi cetrioli crudi.

– Proprio una colazione italiana! – si permise di commentare Giovanni.

Una volta fuori, respirarono a pieni polmoni la piacevole frescura del mattino e si rituffarono nelle antiche stradine che scendevano al ponte di Galata. Volevano passare al mercato delle spezie, il Msir Ch'arsisi, forse il più bello del mondo, e infatti, un quarto d'ora dopo, Giovanni si trovò in un enorme mercato a forma di 'T' con le volte che si perdevano in alto e l'ingresso presidiato da bambini che vendevano borse di plastica, pur di non chiedere l'elemosina. Ne comprarono alcune, ed entrarono in quella foresta di pietra.

L'odore penetrante delle spezie intrideva i muri e i soffitti del grande mercato; pareva di essere in una gigantesca profumeria o nell'anticamera di una maga che rimescolava elisir e pozioni.

C'erano carri di legno carichi di frutta, la più lucida e succosa che Giovanni avesse mai visto. Nei sacchi di iuta erano esposte sostanze profumate, dai colori più inverosimili: arancio acceso, rosso scuro, amaranto, giallo sole e verde di ogni tonalità, marrone, nere...

Non c'era ancora la calca che di lì a poco avrebbe reso difficile vedere tutto.

Un venditore toglieva la buccia dei cetrioli con rapidi colpi di un coltello intinto nel sale, lo tagliava a metà e lo porgeva avvolto in una carta da macellaio, come se fosse una banana. Giuliana comprò torcetti al sesamo da sgranocchiare mentre camminavano. Su grandi vassoi, i favi carichi di miele galleggiavano sul nettare dorato, profumati di sole. Un acquaiolo vestito alla ottomana, con calzoni alla zuava e ghette bianche, camicia accompagnata sotto il gilet rosso impreziosito da alamari e ricami d'oro e fetz sulla testa, con un abile movimento faceva sgorgare dal beccuccio del contenitore d'argento sbalzato che portava sulle spalle uno zampillo d'acqua fresca direttamente nel bicchiere che teneva con la mano libera. Valeva la pena berlo anche solo per vedere tutta la messa in scena.

Il mercato era suddiviso in tanti negozi, che si aprivano ai lati della strada, con ripiani che correvano lungo i muri e pesanti saracinesche che venivano chiuse alla sera. Aggirandosi tra tante meraviglie, Giovanni disse:

– Potrei comprare qui un regalo per... la mamma.

E magari per Lucilla.

– Non c'è posto migliore... – confermò Giuliana. – Perché è questo il vero mercato turco, non quello che fanno vedere ai turisti. Non hai che l'imbarazzo della scelta. Forza! Al lavoro!

C'era proprio di tutto: narghilè polverosi, samovar d'argento di tutte le fogge e misure, specchi in argento sbalzato a mano, taluni col manico, altri ovali, macinini in ottone da pepe alti e snelli, servizi da tè in vetro, bicchieri di tutte le forme, vassoi antichi, oggetti di rame battuto a mano, bracciali, cavigliere, collane, pietre incise, scolpite, quadri in acquerello Mogul, leggii richiudibili, libri antichi, rotoli di pergamena con scritto il nome di Allah in cento modi diversi...

Giovanni si fermò con la testa che gli girava. Alcuni ragazzi, in piedi sulle soglie dei negozi, facevano scoppiare sacchetti di carta tra le mani per attirare i clienti, ma fu lo sguardo timido di una fanciulla ad attirare la sua attenzione.

Se ne stava immobile nel piccolo negozio centrale, con le guance rosse per la tensione e l'espressione di chi preferirebbe trovarsi altrove. Mentre Giuliana lanciava il sesto "oh!" per alcune stoffe ricamate che ornavano selle di cavalli da parata, Giovanni si avvicinò alla ragazzina.

– Mio padre no c'è, ma qui tra poco – cercò di

spiegare la ragazzina in un inglese stentato. – Tra poco – ripeté con un sorriso rassicurante.

Al suo cospetto Giovanni si sentì improvvisamente più baldanzoso: non c'era nessun orientale dagli usi strani e spiazzanti, ma una dolce ragazzetta dall'aspetto indifeso e anche piuttosto piacevole.

Sorrise a sua volta e spiegò che voleva un regalo per... una donna. Lei si prodigò in ogni modo e gli fece vedere di tutto: piccoli gioielli, corniole incise, cerchi d'argento che tintinnavano felici, bottigliette per profumi, scatole, scatolette... E fu proprio una scatoletta ad attirare la sua attenzione.

– Quella! – indicò senza esitazioni Giovanni.

La ragazzina seguì il dito dello straniero fino a una scatola, né grande né piccola, decorata con incisioni stravaganti: sembravano piume di pavone, collegate le une alle altre da complicate spirali.

Quando prese l'oggetto tra le mani, sentì che era il regalo giusto.

– Va bene. Quanto costa?

– Uhm – fece dubbiosa lei, rigirando la scatoletta che non sembrava riportare alcun prezzo. Ma, poiché era felice all'idea di aver venduto qualcosa in assenza del padre, scrisse una cifra su un foglietto e lo mostrò a Giovanni.

Lui accettò senza trattare e le chiese aiutandosi con la mimica delle mani:

– Puoi avvolgerla in una carta? Perché non si rovini, prima del mio ritorno in albergo.

– Albergo? – riuscì a chiedergli timidamente la fanciulla.

– Il Pera Palace – rispose Giovanni, molto fiero.

– Oooooh! – esclamò lei ammirata, mentre avvolgeva la scatola in carta bianca e leggera. Alla fine mise il tutto in un piccolo sacchetto.

Walter si svegliò riconciliato col mondo. Dalla finestra della sua stanzetta facevano un timido ingresso i rumori lontani che salivano dal Corno d'Oro e un delicato profumo di dolci appena sfornati che colpirono i suoi sensi ancora in dormiveglia. Decise che se la sarebbe presa con calma.

Anche Calamity, la sua inseparabile compagna di viaggio, dormiva in un angolo del letto, acciambellata come un grosso gatto.

Sbadigliò, si stiracchiò, si mise supino con le mani sotto il capo a fissare il soffitto.

Pensò al viaggio che aveva fatto, alle difficoltà incontrate a causa dei controlli alla frontiera, resi più severi per paura di attentati terroristici.

Scacciò i ricordi negativi e si concentrò sul suo carico da recuperare e soprattutto sulla sua missione: recuperare la scatolina al mercato delle spezie oppure il suo "amico francese" gliel'avrebbe fatta pagare cara.

Non era la prima volta che lavorava per quell'uomo

dall'aspetto educato, dal cuore gelido e dalla mente imperscrutabile. Intuiva in lui una spietatezza repressa, una volontà di granito, una capacità di vendicarsi che non voleva mettere alla prova. Sospirò.

Diede un'occhiata a Calamity e le tirò dolcemente la coda; lei squittì infastidita, e aprì gli occhi. Walter sorrise: la scimmietta era diventata la sua famiglia. Lei lo sapeva e qualche volta ne approfittava.

Scese dal letto e decise di lavarsi e vestirsi.

IO

SENZA TAPPETI

– Oh, queste stoffe! Questi argenti! Questi flaconi di cristallo colorato! Quest...

– Ora basta! Alil ci aspetta. – Claudio destò la moglie dalla sua ipnosi inutile.

Giovanni e i suoi zii si lasciarono il mercato alle spalle e si diressero alla volta del Bazar e della casa dell'amico turco.

– Come sono spiacente. Non potete immaginare quanto mi rincresca... – Alil non sapeva più da che parte inchinarsi: – Il camion con il carico che aspettavo giorni fa non è arrivato neanche questa notte. Sembra che i predoni l'abbiano attaccato e gli abbiano tagliato le gomme per impedirgli di proseguire.

– Non puoi darci i tappeti che hai qui? – suggerì Claudio.

– No! Non posso. Vedi, sono già tutti venduti e devono partire per New York tra uno o due giorni.

– E noi? Cosa facciamo adesso?

– Io so che vi interessano solo tappeti vecchi, perciò non vi posso offrire quelli che mi rimarranno perché sono di nuova fattura, rigidi e con colori troppo vivaci. – Alil era profondamente dispiaciuto: – Ho fatto mille telefonate, ma non sono riuscito a trovare una soluzione.

– O, meglio, una via ci sarebbe – la voce vellutata di Zeinept si intromise cauta, – potreste raggiungere voi Habbas, il nostro venditore di tappeti. – Propose la moglie di Alil e proseguì: – Vi potremmo organizzare il viaggio, a nostre spese, ovviamente. Dovreste prendere l'aereo per evitare i predoni. In questo modo vedreste di persona tutta la merce – concluse per invogliarli. – Ed è anche un bel viaggio: il monte Ararat è così suggestivo…

Rimase con la voce sospesa in attesa che i suoi amici italiani riordinassero le idee. Claudio taceva, Giuliana con la fronte corrugata valutava i pro e i contro della situazione: attraversare la Turchia, arrivare fin al monte Ararat, il monte della leggenda, il monte di Noè. Non sapeva proprio cosa decidere.

– Io lo farei! – esordì Giovanni sicuro e tranquillo e spiegò le proprie motivazioni. – Siamo arrivati fin qua, perché non proseguire? Volete i tappeti?

Non c'è niente di meglio che andare dove li fanno.

Se ne stava fermo e diritto nel centro della stanza. Sembrava che tanta decisione lo facesse sembrare più alto e..., forse, più bello.

Giuliana guardò lui, poi Claudio che annuì impercettibilmente. Fu allora che rilassò i pensieri e sorrise.

– Grazie, Zeinept. È un ottimo consiglio.

– Ne sono felice. Provvederemo a fare le prenotazioni in modo che possiate partire già nel primo pomeriggio. Alil vi accompagnerà subito in albergo e poi in aeroporto; non avete tempo da perdere.

Si abbracciarono e si salutarono in fretta e furia.

– E Carnera?

– Se ci lasciate le chiavi, lo parcheggeremo nel nostro cortile. Buon viaggio, – concluse la donna prima di sparire dietro la grande tenda di seta viola dell'ingresso.

– Come sarebbe a dire che non sei riuscito a fare ciò che ti avevo chiesto? – urlò la voce dell'uomo. Poi si sforzò di recuperare la calma e proseguì: – No! Non mi importa del tuo carico. Con quello che ti pagherò, sarai risarcito di ogni perdita. Ma devi recuperare quello che mi appartiene!

La voce stridula si fece gelida, forte di una cattiveria profonda e pericolosa.

– Vai immediatamente al mercato e parla con Moham-

med. Fatti spiegare cos'è successo e mettiti sulle tracce di chi ha acquistato la scatola. La rivoglio. Non mi deludere anche questa volta, Walter.

Non pronunciò alcuna minaccia, ma Walter, dall'altro capo del telefono non ebbe alcun dubbio che l'uomo si sarebbe crudelmente vendicato se lui non avesse obbedito.

Tacque e posò con la solita delicatezza la cornetta al suo posto, ma il nervosismo lo spinse ad alzarsi. Prese a passarsi la mano tra i capelli e a camminare per lo studio evitando con cura di calpestare i tappeti. Quando la porta si socchiuse, si fermò di colpo, in attesa, come un giaguaro pronto a scattare sulla preda. Ma era solo la sua cuoca che faceva capolino sorridente.

– Cosa le preparo questa sera, signore? Le farebbero piacere delle verdure grigliate e un passato con crostini caldi?

Celeste era una donna di montagna alta e ben piantata con la pelle bianca, i capelli biondi e gli occhi azzurri e limpidi come il suo animo. Non era più tanto giovane, ma ancora piacente e piena di energie.

L'uomo si rilassò visibilmente.

– Qualcosa non va, signore?

Era sorpresa: non le capitava mai di trovare il suo padrone così sperduto e senza controllo.

– Non sempre tutto va come si vorrebbe, Celeste. Preparami pure quello che hai deciso. Ora berrei volentieri una tisana.

– Certamente. Gliela preparo in un attimo.

Celeste sparì oltre la porta e l'uomo riprese a camminare per sfogare la sua delusione.

Quella notte, ci fu un'altra telefonata. Una voce concitata, nel cuore della notte, disse:

– Qualcuno gli ha soffiato da sotto al naso... quello che tu sai!

E, dall'altra parte del telefono, Michele sogghignò:

– Chi?

– Non lo sappiamo. Il mio informatore di Parigi comincia a essere spaventato. E se le notizie dovessero arrivare a Raphael quando è solo, non lo scopriremo mai. Speriamo nella buona sorte. Dormi bene, Michele.

– Anche tu.

II

Verso Est

– Come prima tappa andrete a Kayseri, in Anatolia, poi a Sali e per ultimo a Kars, da Habbas. Lui vi sta aspettando: è mortificato per l'accaduto. Per noi Turchi la parola data è una questione di onore.

Alil parlava mentre guidava i suoi tre ospiti italiani all'interno dell'aeroporto. Era uno scalo moderno ed efficiente anche se piccolo in confronto agli aeroporti occidentali, con i suoi nove imbarchi.

– È una bella sfortuna questa, vero Claudio? Non potremo cercare le altre merci: i cotoni, gli argenti e tutto il resto. – Giuliana scuoteva i suoi capelli rossi in preda a mille pensieri.

– Forse ne troveremo ancora di più belli dove dobbiamo andare – rispose lui che aveva deciso di essere ottimista a tutti i costi. Una noiosa tosse lo infastidiva sin dal risveglio, lasciandolo perplesso su come un salutista come lui avesse potuto buscarsi il raffreddore.

Salutarono Alil e si imbarcarono su un Foker in ottime condizioni, diretto a Kayseri.

Giovanni era stranamente tranquillo; gli pareva di avere tutto sotto controllo e si godeva la vista della natura sottostante: cercava di localizzare i caravanserragli sulla "Via della seta" di cui aveva sentito tanto parlare.

Questi rifugi di viandanti sorgevano a circa trenta chilometri l'uno dall'altro, ovvero la distanza che un cammello carico di merci riusciva a percorrere nell'arco di una notte, preferita rispetto al giorno perché più fresca e sicura.

Giovanni si sorprese a sognare di essere un carovaniere coraggioso, costretto a fronteggiare spietati predoni che non scherzavano allora come adesso che i cammelli erano stati sostituiti dai camion.

Così i suoi occhi cercavano le forme regolari di quelle specie di fortini che erano i caravanserragli attorno ai quali erano nati molti villaggi e qualche città.

Proprio come Kayseri, sorta anch'essa attorno alla forma circolare di un fortino commerciale: un vero spettacolo agli occhi di un occidentale.

Atterrarono, e nugoli di polizia armata circondarono l'aereo.

– Ma che diavolo succede?! – bofonchiò Claudio a denti stretti tossicchiando e abbracciando Giuliana e Giovanni per proteggerli. Scesero tra le mitragliette e vennero guidati con gli altri passeggeri a un prefabbricato a pianta rotonda di vetro e ferro.

– Che freddo! – esclamarono in coro.

Si accomodarono in centro per sfuggire al gelo delle vetrate senza perdere mai di vista i militari che circondavano l'edificio.

– Non ti pare che sia un viaggio… come dire? un po' sfortunato?

Giuliana stava fissando il viso imbronciato di Claudio.

– Non ti pare che cominci a essere un tantino pesante? Sono quasi tre ore che siamo qui. Forse si sono dimenticati di noi.

Al silenzio di suo marito lei oppose un rapido scatto verso la vetrata che prese a tempestare di colpi.

I soldati, da fuori, si misero a guardarla incuriositi.

– Pipì! Devo andare alla toilette! Devo fare la pipì! – affermò decisa e ben piantata sulle sue gambe davanti alle mitragliette e allo sguardo stupefatto dei militari.

Gli altri viaggiatori avevano rinunciato a dire qualsiasi parola e fissavano la donna incuriositi e preoccupati, ma Giuliana stava elencando in tutte le lingue che conosceva le sue necessità: – ...e secondo i diritti internazionali dei prigionieri io posso andare a fare la pipì quando mi scappa! – concluse lei, rimanendo al suo posto in attesa.

Fuori si tenne conciliabolo, al termine del quale due soldati aprirono la porta, prelevarono Giuliana e la scortarono alla toilette sempre con le mitragliette in mano.

Lei si voltò per una frazione di secondo, nella quale Claudio vide sul viso della moglie un sorriso di trionfo.

L'episodio diede il là a una lunga serie di richieste e lamentele analoghe, al punto che i soldati decisero di visionare i documenti e, una volta appurata la regolarità dei passeggeri, decisero di lasciarli liberi.

Giuliana era fiera di se stessa:

– Se non fosse stato per me ci avrebbero fatto dormire in quel frigorifero – sentenziava soddisfatta. – È tutta una questione di psicologia. Bisogna conoscere e saper manovrare nel modo giusto la mente degli uomini. Sono stata brava, vero, Giovanni?

Il ragazzo non poteva che essere d'accordo con lei. Che strano! Non aveva provato paura, neppure per un momento. Si convinse che i viaggi servivano proprio a questo: a farsi le ossa!

La notte avvolgeva col suo mantello umido e freddo Kayseri, le sue poche luci e le sue stradine di terra battuta.

Un gruppo di ragazzi accettò di accompagnare i tre italiani a un albergo, dove sprofondarono in un sonno senza sogni.

Era una splendida mattina quella che salutò il risveglio di Giovanni e dei suoi zii, che consumarono la colazione all'ultimo piano del loro albergo, proprio di fronte alla meravigliosa montagna innevata che sovrastava la cittadina di Kayseri.

– È magica! – commentava Giuliana con gli occhi catturati dal bianco e dalle piccole stelle di ghiaccio che splendevano al sole. – È come se emanasse un'energia che mi entra nelle ossa – concluse sospirando e rosicchiando biscotti di sesamo.

– È veramente magica – intervenne un uomo magrissimo che sedeva a un tavolo poco lontano.

– Ma lei è italiano!

L'uomo rise:

– Sì. Ho aperto una fabbrica di marmellate e succhi. Qui la frutta non è trattata con pesticidi ed è di ottima qualità, forse proprio grazie alla montagna – disse indicandola col mento.

– Potete aiutarci a trovare un'auto e un autista che ci accompagni nei villaggi? – Claudio approfittò subito della nuova conoscenza.

– Ma certo! Vi aiuterò volentieri; non capita tutti i giorni di incontrare connazionali in questo posto dimenticato da Dio! Conosco una persona che fa proprio al caso vostro. Quando avrete scelto i tappeti fateli portare da me, in modo che possa spedirveli con il primo corriere a Istanbul.

Giuliana era molto colpita dalla quantità di persone e merci che le corriere turche trasportavano ogni giorno da un capo all'altro del paese, con una certa puntualità, per giunta.

Il loro autista, un ometto dall'aria vispa e simpatica, portava sul capo un grande turbante arancione che ne allungava la minuta figura di qualche decina di centimetri. Attendeva paziente i suoi passeggeri fuori dall'albergo a bordo di una Fiat costruita a Bursa, la patria della seta, su licenza italiana.

Alla decima casa col pavimento di terra battuta coperto di tappeti, alla decima volta che si toglieva le scarpe per entrare, alla decima contrattazione sul prezzo dei tappeti, al decimo capo-villaggio che li conduceva a parlamentare con le donne, alla decima ispezione dei grandi telai di legno, Giovanni si sentiva a dir poco esausto.

Sapeva tutto sui colori vegetali delle lane che cocevano d'estate nei calderoni insieme a fiori, bacche, mallo delle noci, zafferano, foglie, polvere di indaco e che venivano fissati con l'allume di rocca.

Aveva visto decine di vaghireh, i cui disegni risalivano alla notte dei tempi: ornamenti ancestrali che le donne ripetevano durante la loro vita e insegnavano alle figlie. Aveva ammirato con Giuliana dozzine di corredi finemente ricamati, che per prima cosa le donne ti facevano vedere, ospitandoti in casa, per provarti la loro amicizia. E si era fatto fotografare con loro, felici ed entusiaste al punto di togliersi il velo davanti all'obbiettivo.

Quello dei tappeti era un mondo di donne.

Arrivati in una casa del villaggio di Yahyali, Giovanni esaminava i tappeti che riproducevano nel bordo le casette del villaggio e ascoltava le donne ridere tra loro per il film che avevano visto la settimana prima nell'unico televisore comune. Un film con Demi Moore, che fingeva di saper fare un vaso con l'argilla, ma che, a detta loro, sbagliava tutto. Il televisore era in bianco e nero, ma la magia di un foglio di plastica trasparente colorata davanti allo schermo dava loro l'illusione di vederlo a colori. Giuliana, che probabilmente guardava ancora meno televisione di quelle donne, partecipava alla conversazione con la stessa ingenuità: e quando si domandarono perché, in quel film, i fantasmi potessero attraversare le porte e i muri, ma non i pavimenti, o le scale, uscì.

Non c'era nessuno. Claudio era ospite del capovillaggio. La luce si spandeva morbida tutt'intorno. Giovanni si sedette sulla pietra lisciata dal tempo accanto all'esile fontana di pietra e gettò a terra lo zaino. Poi, come ripensandoci, lo avvicinò a sé e lo riaprì. Frugò fino a ritrovare il pacchettino acquistato al mercato. Lo aprì, svolse la carta velina e rimirò la scatola d'argento destinata a… non sapeva ancora a chi. Era veramente superba! Giovanni era convinto di aver avuto fiuto, pur non comprendendo nulla di artigianato e antiquariato. Guardò meglio il coperchio, su cui erano finemente sbalzate le piume di pavone, e notò che, in ogni piuma, erano stati incisi i profili di diversi animali. La scatola si chiudeva con un bastoncino d'argento infilato in cardini simili a piccole foglie d'acanto. Le aveva riconosciute perché il suo professore di storia dell'arte non faceva che parlarne: l'acanto di qua, l'acanto di là...

Fece scorrere il bastoncino e sollevò il coperchio.

Rimase di stucco. Si aspettava una scatola vuota e, invece, all'interno trovò un piccolo cuscinetto di seta viola scuro, che copriva il fondo. Lo levò. Sotto non c'era nulla, tranne, forse, un minuscolo forellino. Giovanni guardò la scatola da sotto, per controllare che il forellino fosse vero. Non lo era. E allora? A cosa serviva? Rimise a posto il cuscino e fece per chiudere la scatola con il suo bastoncino, quando gli venne un'idea. Infilò il bastoncino della chiusura all'interno del forellino sul fondo e si accorse che ci entrava perfettamente. Ma per quale motivo? Provò a ruotarlo, ma non accadde niente. Allora posò la scatolina a terra, guardandola da una certa distanza: il bastoncino se ne stava dritto come l'albero maestro di una nave. Lentamente, provò a chiudere il coperchio, controllando che il bastoncino non si rompesse. Tac, fece la scatolina quando fu completamente chiusa.

La riaprì. Con la chiusura del coperchio, il bastoncino si era incastrato ancora più profondamente. Giovanni provò a sollevarlo, e si accorse che, insieme al bastoncino, si stava sollevando l'intero fondo. La scatola aveva uno scomparto segreto! Lo tolse del tutto e scoprì che, nel doppiofondo, era incastonata una moneta. Era difficile farla uscire dal suo nido, dove era incassata perfettamente. Giovanni trafficò un poco con le unghie, fino a farla scivolare nelle sue mani. Gli sembrava una moneta, ma così antica che il tempo aveva reso illeggibili le sue incisioni. Aveva i bordi irregolari, ondulati e una consistenza importante. Stava giusta giusta nel palmo della mano. La moneta gli piacque subito, forse per il modo in cui ne era diventato il proprietario. Sorrise.

– Due regali in uno – si disse, soddisfatto. – E non so quale sia il più bello!

Rivide il faccino della ragazzina che gliela aveva venduta e pensò che, se solo avesse saputo dell'esistenza di quella moneta, forse gli avrebbe fatto un prezzo diverso. Stava per rimetterla nel suo doppiofondo, quando cambiò idea. Se la fece calare nella tasca del pantalone come una specie di portafortuna. Poi recuperò il bastoncino, rimise a posto il doppiofondo, e chiuse la scatola, ammirando per l'ultima volta i bassorilievi d'argento.

Claudio e Giuliana si avvicinarono parlottando e salutando tutti; poi, insieme a Giovanni si diressero verso la Fiat, dove il loro autista, sempre sorridente, li aspettava con il motore acceso. L'auto sferragliò con garbo e li ricondusse al loro albergo con vista sulla montagna magica.

– Italiani! Mi dici che è finito in mano di italiani? Chi sono? Fatti dare dall'albergo l'indirizzo esatto di questi turisti... Come, non sono turisti? E cosa ci facevano a Istanbul?!... Pensi che siano commercianti?... Allora è pericoloso; potrebbero rivenderlo! Dobbiamo ritrovarlo! Non sono ripartiti dalla Turchia? E dove sono andati? Tu e Mohammed dovete lavorare a stretto contatto e recuperare l'oggetto prima che altri se ne impadroniscano. Usate qualsiasi mezzo...

Quelle parole rimasero sospese tra i due uomini come un'eco che si allontana tra le pareti di alte montagne. Poi svanì, senza un saluto.

Walter era perplesso. Rimase qualche istante a riflettere con la cornetta ancora in mano: "qualsiasi mez-

zo", aveva detto. La cosa lo preoccupava un poco, per quanto avesse già svolto lavoretti rischiosi in passato e se la fosse sempre cavata. La parte più interessante era che, in definitiva, c'erano in ballo un bel po' di soldi e lui avrebbe potuto accumulare un bel gruzzoletto. Fischiettò a filo di labbra soppesando la situazione:

– Collezionisti! – esclamò.

Erano in grado di commettere qualunque follia pur di possedere un qualsiasi oggetto strano di cui si erano innamorati. Fece spallucce e riattaccò il telefono.

Porse mezzo biscotto a Calamity, che si era avvinghiata sul suo collo come una sciarpa, e si diresse verso il mercato delle spezie. Era sicuro che Mohammed avrebbe saputo muoversi meglio di lui in quella città, e magari convincere qualche cameriere dell'Hotel Pera Palace a rivelargli le generalità degli italiani più rapidamente di quanto non avrebbe potuto fare lui. Non tutto era perduto.

Uscì nel sole limpido e camminò spedito facendosi largo nella calca.

– Non crederai a quanto sto per dirti, Michele. Sembra che dei turisti siano riusciti a impadronirsi di... sì, sì..., non è uno scherzo: è vero! Pare siano italiani e che non siano ancora tornati in patria. Sembra che siano in giro per la Turchia, da qualche parte... Questo ci lascia il tempo di riflettere e ci dà un certo vantaggio su Raphael che sarà troppo preso dal recuperare il suo oggetto per prendere ulteriori precauzioni. Teniamoci in contatto, qualsiasi cosa accada. A presto.

Non appena riattaccò, Michele fu colto da una certa allegria: immaginava la pallida figura di Raphael avvampare per un improvviso travaso di bile che rendeva vive quelle guance smunte.

"Ben ti sta..." pensò, passeggiando per la casa assolata, tra i richiami dei gabbiani. Si appoggiò alla ringhiera bianca e guardò fuori, verso la città vecchia. Sapeva che la situazione era difficile e... pericolosa.

Arrivò anche un certo nervosismo a turbare il buonumore: sperava di riuscire là dove altri, prima di lui, avevano fallito.

12

UN NUOVO AMBASCIATORE

– Giovanni è sparito! – grida la voce di Giuliana, che corre come una pazza per tutta la stanza.

– Cosa stai dicendo? – ribatte Claudio, cercando di riportare la moglie alla calma.

– Ti dico che tuo nipote non è qui. Deve essere uscito mentre riposavamo... Oh, mamma mia, cosa facciamo adesso? – continua a disperarsi la donna.

– Tu aspetta qui nel caso ritorni. Io andrò giù in reception: forse si può fare un annuncio con un altoparlante – le propose Claudio deciso.

Uscì rapido dalla porta e imboccò il lungo corridoio che conduceva agli ascensori.

Una volta raggiunta la hall Claudio non ebbe nemmeno bisogno di spiegare l'accaduto al concierge perché i suoi occhi si posarono subito sulla magra figura del nipote comodamente seduto su una delle poltrone di velluto blu che a gruppi di quattro offrivano riservati angolini di conversazione agli ospiti dell'albergo. Il ragazzino si trovava in compagnia di uno sconosciuto in uniforme, un uomo distinto, dall'aspetto europeo.

– Giovanni! – esordì Claudio con tono di rimprovero.

– Ciao zio. – Rispose candidamente lui.

– Cosa ci fai qui? Non ti hanno insegnato a chiedere il permesso prima di allontanarti? Tua zia è mezza morta di paura – rincarò la dose.

– Scusa, non pensavo... io...

– Niente scuse! Vai subito in camera – ordinò perentorio.

– Va bene, va bene – borbottò Giovanni allontanandosi.

– Sono Claudio Liguri, lo zio di Giovanni. Con chi ho il piacere...? – si rivolse ora allo sconosciuto.

– Scusi se non mi sono presentato. Ma non volevo intromettermi. Sono Naci Eren e ho lavorato per molto tempo come addetto alla sicurezza all'ambasciata turca di Roma.

L'uomo si alzò in piedi e si presentò. Era un quarantenne dalla pelle chiara, snello, alto, elegante nella sua uniforme che sottolineava lineamenti marcati e regolari al punto da farlo sembrare un attore.

– Sono sempre felice di incontrare degli italiani; mi ricordano Roma e il suo cibo divino.

– Capisco. E come mai parlava con mio nipote? – domandò Claudio.

– In realtà è stato lui a parlarmi. Ha sentito che ero italiano e, forse incuriosito dall'uniforme, mi ha fatto un po' di domande. Sa come sono i ragazzini – spiegò l'uomo.

– Naturalmente. Spero non l'abbia infastidita – si preoccupò Claudio.

In quel momento le porte dell'ascensore si aprirono e comparvero Giovanni e Giuliana, vestiti di tutto punto e pronti per la partenza.

– Avete fatto presto! – osservo Claudio e proseguì: – Cara, posso presentarti il signor Naci Eren. È stato ambasciatore a Roma. – Lo introdusse.

– Molto lieta – cinguettò Giuliana arrossendo.

– Il piacere è tutto mio, signora – rispose con un leggero cenno del capo e cambiò argomento – il ragazzino – indicò Giovanni in piedi accanto a lui, apparentemente molto sicuro di sé – ...mi ha parlato delle vostre difficoltà con i controlli militari dell'aeroporto. Mi dispiace.

Giuliana e Claudio guardarono il nipote sorpresi da tanta intraprendenza, mentre l'uomo si chinava in un gesto ossequioso che colpì visibilmente Giuliana, incapace di rispondere. Claudio tossì non solo per il raffreddore e fece un passo avanti, togliendola dall'imbarazzo.

– La ringrazio del suo interessamento. In effetti all'aeroporto non è stato piacevole. È una prassi frequente?

– Più di quanto immagina. Molti pericoli circondano la Turchia. Può trattarsi di un pazzo che vuole imbarcare una bomba sull'aereo, o magari le sue galline...

– Cose da non credere. È la prima volta che un viaggio di lavoro si trasforma in una seccatura continua... – brontolò Claudio.

Giuliana sorrise.

– Non esagerare, Claudio... – cinguettò.

– Non esagerare? Sono ore che siamo bloccati qui! Dobbiamo ancora andare a Erzurum... e di là prendere un autobus per Kars...

Naci Eren sorrise.

– Però! Un bel tragitto! A Erzurum c'è una sola pista di atterraggio. Ai bus-terminal troverete tutta la merce che potete immaginare e tutto il cibo che potete sognare. Vedrete che vi piacerà. Ora, comunque, vi faccio passare avanti o non riuscirete a prendere l'aereo.

Si inchinò ancora, salutò con grande cortesia e galanteria, li guidò attraverso lo squallido, ma efficientissimo aeroporto e aspettò, immobile sulla soglia, che i tre italiani si allontanassero verso l'aeromobile, che decollò poco dopo.

Naci Eren aveva ragione. Ai bus-terminal di Erzurum il movimento di camion, persone, carri, bus, animali era veramente impressionante. In un frastuono continuo di voci, sotto un sole implacabile e in un'atmosfera che aveva odore di peperoncino e benzina, Claudio sudò le classiche sette camicie per trovare tre posti liberi su un bus per Kars.

– Partiremo questa sera e viaggeremo di notte.

– E fino a questa sera? – domandò Giuliana.

– Cosa vuoi che ti dica? Non lo so! Pare incredibile, ma non c'è una sola cosa che vada liscia! È tutto così difficile!

Giovanni non lo ascoltò, giudicandolo troppo lamentoso: dopotutto, la Turchia non era affatto male. Tutti lo trattavano da beniamino, gli sorridevano, lo aiutavano, gli davano spiegazioni. Cominciava a capire la lingua e la usava anche per fare domande, sorprendendo i turchi cui si rivolgeva. Ciò che vedeva gli piaceva tantissimo; ogni angolo su cui posava gli occhi aveva un qualcosa di magico, di unico; e c'erano oggetti strani sui banchetti del mercato, e bancarelle assurde, come quella in cui tre ragazzi, in piedi sui carri di legno carichi di sacchi di more di gelso secche e di bacche di rosa canina, gridavano a squarciagola per attirare i compratori. Giovanni si muoveva con sicurezza: gli sembrava addirittura che anche le ragazze, con il velo appena posato sui capelli, lo fissassero e ridacchiassero se lui sorrideva. "Bello", si disse, fermandosi nel centro del mercato, soverchiato da suoni e profumi. "Mi piace viaggiare".

E non sentiva più la nostalgia di casa dei primi giorni. La casa, la scuola, i compagni di classe così prevedibili. E Lucilla?

Solo Lucilla rimaneva ancora nei suoi pensieri. Ma poi gli bastava svoltare l'angolo, curiosare nella via, provare a leggere i cartelli, seguire uno strano odore, per dimenticarsi di lei. Ogni tanto frugava nella tasca dei calzoni e afferrava la moneta: la teneva un poco in mano, rigirandola tra le dita.

Non aveva paura di perdersi.

Non aveva paura, e basta.

– Dunque... – la voce di Raphael era secca, e piccole gocce di sudore imperlavano la sua fronte. – Erano a Istanbul per comprare da Alil. E perché non l'hanno fatto? Hanno deciso di andare direttamente all'interno in cerca di tappeti. Bene. Allora significa che dovrai rincorrerli. Anche a me dispiace. Ma tu dovrai ritrovarli prima che succeda loro qualcosa o cambino idea. Lo sai che da Kars c'è una linea di autobus che arriva direttamente in Italia, a Milano e poi a Parigi? Certo. Non mi basta quello che pensi tu. Anche se tornano a Istanbul, io voglio che tu li vada a cercare là. Subito.

Potrebbero liberarsi della scatola ovunque. Potrebbero perderla... O qualcuno potrebbe rubargliela. E ora dettami lettera per lettera il loro nome e il loro indirizzo in Italia. Non voglio errori..., ho già la penna in mano..., parla.

Un'altra telefonata. In una casa al mare.

– Michele? So chi sono. Il buon Dio ci ha assistito!

5. Chi ha mercanteggiato?

13

L'Ararat

Quando arrivarono a Kars, l'alba illuminava la steppa, una landa desolata, piatta e inospitale, schiacciata dall'innalzarsi improvviso di una montagna, che chiudeva l'orizzonte: poche case, distanti le une dalle altre, arbusti bassi, alberi rachitici, con radici nodose coperte dalla neve resa farinosa dal freddo. Non trovarono alberghi da turisti. Soltanto un convento con le stanze, le celle, umide e fredde, arredate con il minimo indispensabile per la sopravvivenza.

Claudio ci si fermò davanti, sconsolato, facendo oscillare i bagagli come un profugo che ha appena scoperto che la sua casa è stata distrutta dal terremoto. – Ah! Il Pera Palace! Quello sì che era un albergo... anche se aveva le condutture rotte, e l'ascensore che si fermava tra un piano e l'altro e bisognava saltarci sopra per farlo riprendere...

Giuliana gli appoggiò la testa rosso fuoco sulla spalla.

– Non lamentarti sempre, Claudio, è già molto avere un posto dove dormire; cerca di vedere il lato buono delle cose!

– E quale sarebbe, scusa? Che questo convento verrà abbattuto la prossima settimana! – Non terminò quasi la frase, assalito dalla tosse. – E guarda! Mi sono perfino ammalato!

Giuliana sbuffò, voltandosi verso Giovanni:

– Andiamo a fare colazione al mercato?

– Ci sto.

– Troveremo certo qualcosa di caldo e di buono da mangiare. E ci sistemeremo dopo in... albergo.

Claudio brontolò qualcosa, allontanandosi da loro. Giuliana e Giovanni, invece, si immersero nell'ennesima ragnatela di bancarelle.

– Non ho mai visto tanti mercati come in questo viaggio! – sentenziò Giovanni, soddisfatto. Accanto a lui, la stanchezza disegnava borse ombrate sotto gli occhi di Giuliana. Comprarono due focacce calde al miele e si sedettero su un muretto lì vicino a gustarsele.

– Lo vedi quel monte?

Giovanni annuì.

– È immenso.

– È il monte Ararat. Quello dell'arca di Noè.

– Dici davvero? – domandò Giovanni, ammirato. Con quella nuova consapevolezza, la montagna davanti a lui assunse una leggerezza particolare, ammantandosi di mistero. – Ma allora è vero?

– Dicono che l'arca dovrebbe essere lassù, incastrata da qualche parte. Se guardi bene, ti sembra anche di vederla.

– Nessuno l'ha mai trovata?

– Hanno già fatto moltissime spedizioni. Me lo ricordo perché il tizio che aveva filmato i resti di legno dell'arca a più di 4000 metri di altezza si chiamava Claudio e poi ci fu un certo Scvartz o, no..., mi pare Schranz, sì, sì, Schranz. Disse di averla vista solo da lontano perché un profondo crepaccio li separava. E quando tornò, non riuscì più a ritrovarla.

La cima dell'Ararat era splendente di neve. Grandi slitte di legno, tirate da cavalli robusti, con la criniera intrecciata a nastri e campanelli, si fermarono nel Bazar. Erano cariche di merci protette da pellicce: per lo più animali, ma anche prodotti impensabili in quei posti da lupi: arance, banane, limoni, mele, frutti sconosciuti, insalate freschissime... Tutto là, in mezzo alla neve della steppa.

Indicandoli, Giovanni chiese:

– Ma come fanno a trovare tutta quella roba?

Giovanna ingoiò l'ultimo boccone di focaccina e rispose: – È merce che parte ogni giorno dalla parte calda della Turchia, da Antakya o da Adana. Ce n'è una forte richiesta

– E tappeti?

– Vedremo – rispose Giuliana.

Sulla via del ritorno, si imbatterono in Claudio, che li stava cercando.

– Come è, dentro?

– Peggio di fuori. Cosa avete mangiato?

Lo accompagnarono a prendere una terza focaccina.

– Habbas al telefono mi ha detto che vale la pena di andare fino ad Ani – disse, indicando un punto imprecisato accanto all'Ararat. – Dove c'è la frontiera armena. Di là arrivano di nascosto i tappeti russi, quelli dai disegni geometrici con pochi colori e le famose stelle a otto punte.

– Quindi pensi che dovremmo andare?

Claudio annuì, scottandosi con il miele caldo.

– Sì. Alil è stato di parola e Habbas domani ci porterà ad Ani. Ma mi ha avvertito: non si può contrattare sul prezzo.

– Perché? – domandò Giovanni.

Claudio indicò Giuliana.

– Colpa loro.

Giuliana sorrise.

– In realtà non è quello che ho saputo io. Le donne fanno i tappeti e i mariti se li portano al mercato arrotolati sulla spalla. Sono loro a decidere il prezzo e non cambiano idea. Non è come a Istanbul o nei villaggi, dove puoi parlare con le donne...

Giovanni guardava l'Ararat luccicare al sole.

Giuliana sospirò.

– ... e va bene. Andremo ad Ani – concluse poco convinta.

Sulla terrazza di Ventimiglia due figure se ne stavano sedute a gambe incrociate e occhi chiusi. Sembravano in comunicazione con la parte più profonda della terra, per trarne tutta l'energia disponibile.

– Rischiamo di fare tardi... – interruppe il silenzio Michele, già in piedi.

Sebastian si alzò rapidamente e poi, senza dirsi altro, i due uomini uscirono, attraversarono il cortile di bei ciottoli di pietra, varcarono il portone di noce scuro che profumava di cera e scesero i mille gradini che portavano al parcheggio sottostante.

Sebastian salì alla guida della sua auto, mentre Michele si accomodò sul sedile del passeggero. I due si allontanarono dalla città vecchia, sempre in silenzio, diretti verso il confine francese. Percorsero qualche chilometro e imboccarono una stradina sulla destra, costeggiata da filari di alberi, che a mano a mano che la vettura avanzava divennero bosco.

Raggiunta una piccola radura, l'auto si fermò. I due uomini scesero e procedettero a piedi seguendo il percorso di un piccolo viottolo che nessuno, senza conoscerlo, avrebbe potuto individuare. Alla fine comparve una costruzione di pietra: era piuttosto imponente, ma costruita in tale armonia con l'ambiente circostante da sembrare quasi invisibile a occhi poco attenti.

Un monaco li aspettava accanto alla grande porta al piano terra e, senza proferire parola, li guidò all'interno. Passarono sale ombrose e fredde e corridoi in ombra. Oltrepassarono un piccolo chiostro riquadrato dagli scheletri dell'edera rampicante. Infine raggiunsero una porta chiusa. Michele e Sebastian si guardarono prima di oltrepassarla.

La stanza era in penombra. Undici persone erano sedute in silenzio lungo la parete di fondo; un piccolo tavolo, rivestito fino ai piedi di velluto verde scuro, era sistemato proprio al centro e creava una sorta di divisorio tra loro e i due nuovi arrivati. La stanza non era fredda, e gli uomini alle pareti indossavano pesanti pastrani, abbottonati fino al collo. Nuvole di vapore fuoriuscivano dalle loro bocche serrate. C'era un grande silenzio, insolitamente pieno di calma. Un silenzio saggio.

Michele e Sebastian fecero alcuni passi, fino al tavolo di velluto verde. Poi Michele si raschiò la gola, imbarazzato.

– Sono felice di vederla... – sussurrò a Michele il sacerdote più vecchio, seduto al centro dei compagni. Il suo italiano era stentato, e aveva tipiche inflessioni francesi. – Sebastian mi tiene informato su di lei. E conosco la sua lealtà.

Gli altri, ai lati del vegliardo, sembravano attendere qualcosa. Avevano visi senza età sui quali il tempo si era dimenticato di incidere i suoi ricordi. Erano lineamenti pensosi, di studiosi abituati a perdersi nell'irrealtà di tempi lontani per cercare la verità su quello presente. La serenità dei loro occhi diceva che sembravano aver trovato quello che avevano cercato nel loro viaggio.

– Sono io a essere onorato..., Maestro – rispose Michele.

E chinò il capo con sincero rispetto. – Anche se l'occasione non è felice.

– Lei sa quanto sia importante riavere quell'oggetto. E impedire che faccia ancora del male.

– Sebastian mi ha accennato qualcosa.

– Come Gran Maestro dei Cavalieri cristiani, le domando quindi aiuto. Noi siamo dediti alla ricerca, alla meditazione e alla preghiera, ma ormai... – e rise d'un riso fuggevole appena percettibile. – Come cavalieri combattenti siamo poco credibili e credo poco resistenti. Forse soltanto uno di noi – e si volse alla sua destra verso l'ultimo della schiera – è ancora in grado di usare la forza, se necessario.

Michele seguì lo sguardo del Maestro e osservò un monaco domenicano dall'aspetto relativamente giovane e scattante che teneva lo sguardo basso e le braccia incrociate, con le mani affondate nelle vaste maniche del suo abito bianco. Sembrava una statua.

– Vi saremo, quindi, eternamente riconoscenti per quanto farete – riprese il Gran Maestro. – Non tanto per noi, ma per il mondo intero. Se l'oggetto dovesse cadere in mani poco raccomandabili, per noi sarebbe l'inizio di una tragedia. Ci affidiamo a voi. Sarete il nostro braccio, se vorrete.

Tacque per un istante, accompagnato da lievi cenni di assenso. Poi riprese a parlare. – Vi darò tutto il mio appoggio. E anche Sebastian farà altrettanto, io credo.

L'amico annuì.

Il Gran Maestro sollevò le mani con una solenne teatralità, e si alzò lentamente dal suo scranno producendo un prolungato scricchiolio.

– Avvicinatevi, allora.

Due dei convenuti si affrettarono ad alzarsi e a porre sul tavolo carte che fino a quel momento erano rimaste nascoste in una vecchia cassapanca. Un certo fermento corse nella stanza, come un sottile filo elettrico a cui tutti sembravano appesi.

Il vecchio Maestro si avvicinò al tavolo. La sua voce, ora, aveva assunto un tono più deciso.

– Vi svelerò di cosa si tratta, quindi. Perché se non si conosce il male, non lo si può affrontare.

14

Il mercante di tappeti

Habbas era un ometto tondo e agitato, con la barba grigiastra e pochi capelli in testa. Parlava in continuazione roteando gli occhietti vispi e attenti mentre, a bordo della sua jeep, portava i suoi ospiti lontano dalle impressionanti mura medievali della città antica. Era un paesaggio spettrale: oltre i bastioni e la porta del leone restavano solo edifici isolati, dimenticati dal tempo e dalla storia. Immensi prati, dove i pastori portavano a pascolare le loro greggi, ospitavano anticamente una città fiorente, importante quanto Istanbul. Ma quel giorno, l'unico suono che si sentiva era quello del vento imprigionato nei canaloni e dei richiami degli uccelli, in picchiata dai tetti scuri della chiesa di San Gregorio l'illuminatore, o appollaiati nelle grotte scavate nelle pareti di fronte, nere e rotonde come orbite di teschi. La visita alla chiesa dei Pastori, a forma di stella, nel silenzio della steppa era quanto di più lontano potesse esserci da un'escursione turistica. Era come entrare in un mondo scomparso. Anche Claudio era rimasto colpito dai dirupi punteggiati di grotte e dai prati verdi, dove ogni pietra assomigliava a una creatura addormentata. Sulla via del ritorno Habbas fece una deviazione, imboccando una strada sterrata piuttosto grande, che saliva lungo le pendici del monte. – Volevo che vedeste con i vostri occhi! Ecco là l'Armenia! Ma se cercano qualcosa di buono da mangiare, gli armeni, devono venirlo a comprare da noi; sissignore: da noi turchi! Noi lavoriamo e produciamo, ci arrangiamo e, piano piano, eliminiamo la povertà!

Habbas era molto soddisfatto di aver portato gli italiani fino al confine con l'Armenia. Si fermò a debita distanza dalla frontiera.

Una delle guardie turche si era girata a osservare, ma dopo averlo riconosciuto al volante e averlo salutato con un cenno, non li aveva più degnati di uno sguardo. Lungo il confine correva un reticolato, a cui erano state appese lattine piene di sassolini.

– Servono se qualcuno si avvicina e tocca la rete! Ahhhhh!... – e scosse risoluto la testa con disapprovazione. – E non provate a fotografare, eh! Si mettono subito a sparare.

Habbas indicò la frontiera che scompariva nelle due direzioni di fronte a loro.

– Comunque un sacco di gente riesce a passare non so dove e a tornare in Armenia a vendere i nostri prodotti. E fa affari d'oro.

– E anche voi li fate.

– Sì. Anche noi li facciamo – rispose Habbas, un po' infastidito dall'osservazione.

– Peccato invece non aver trovato nemmeno un tappeto da acquistare – osservò Giuliana un po' delusa.

– Già – commentò con la sua consueta loquacità Claudio.

– Può capitare – li consolò Habbas, – non sempre si fanno commerci. A volte passano giorni interi senza che si venda un solo tappeto.

Quindi voltò l'auto e la indirizzò nuovamente verso Kars, verso casa.

Quando arrivarono, il mercato dei tappeti era nel pieno dell'attività e brulicava di gente: c'erano turchi dai fez colorati, giganteschi russi con i capelli lunghi e armeni dalle forti braccia da taglialegna con crocifissi d'oro appesi al collo. In tutta quella confusione fu un orso bruno ad attirare Giovanni.

Era un animale giovane, dal pelo lucente, tenuto alla catena da due ragazzi. Due magri cosacchi dell'Azerbaijan, agili e allegri. Giocavano con lui, gli salivano sulle spalle e lui li trasportava, paziente. Poi, a comando, eseguiva salti e piccole capriole, dimostrando un'agilità incredibile. A ogni esercizio portato a termine con successo, loro lo ringraziavano con piccoli bocconi di cibo. Era uno spettacolo superbo.

"Non è in letargo..." pensò Giovanni, seguendo rapito le evoluzioni dell'animale. "Probabilmente il cambio di vita gli ha alterato il ritmo biologico". Non provava alcuna pena per lui. Sembrava soddisfatto quanto i suoi giovani padroni. Mentre uno di loro stava in equilibrio sulla schiena dell'orso, l'altro fece un giro degli spettatori, per raccogliere qualche moneta. Giovanni, per un attimo, rischiò di dargli quella antica che dimorava ormai stabilmente nei suoi pantaloni.

Allontanandosi dall'orso, Giovanni si accorse da lontano che qualcosa non andava. Notò che all'angolo del mercato, oltre le cataste dorate di zucche di tutte le dimensioni, i venditori di tappeti erano tutti fermi, a osservare il loro capo ben piantato davanti ai suoi zii.

Giovanni si avvicinò, lasciandosi alle spalle le campanelle tintinnanti del costume dell'orso.

– Io a voi non vendo! – urlò l'uomo in inglese. Era un gigante magrissimo, col viso magro e ossuto, che guardava cocciutamente Claudio e Giuliana tenendo le braccia conserte in segno di chiusura.

Davanti a lui Habbas saltellava avanti e indietro:

– Ma cosa ti succede, Ouzan? Non ti ho mai visto così. Perché non vuoi che i tappeti li comprino loro?! Pagano bene e subito.

– A loro no!

Giuliana era a un passo dalla crisi isterica; il fazzoletto che avrebbe dovuto coprirle i capelli era mezzo storto e lasciava fuoriuscire ciocche rosse e indomabili, come serpenti arrabbiati; accanto a lei Claudio cercava di darsi un contegno, ma aveva un evidente desiderio di strozzare Ouzan.

– Cosa succede?

Giuliana lo prese da parte.

– Non vuole venderci niente.

– Ma chi è?

– Il capo del mercato. Quello che ha il diritto di decidere i prezzi per tutti.

– Perché?

– Dice che siamo stranieri colonialisti.

Giovanni lanciò un'occhiata a suo zio, che stava riprovando a trattare con il gigante, poi puntò i suoi occhi in quelli indecifrabili del turco; lo aveva soppesato un poco e aveva preso a respirare in modo strano, simile a una caldaia al massimo della pressione.

– Fammi provare – disse allo zio avvicinandosi.

Cominciò a parlare con il capo del mercato direttamente in turco.

Habbas, che fino a quel momento stava cercando di fare da paciere, si era zittito di colpo.

Lo scambio di battute tra Giovanni e l'altro fu molto rapido, concitato e deciso.

– E da quando in qua parli turco? – gli sillabò Claudio, fissandolo. Era rimasto senza parole.

A dire il vero anche Giovanni lo era. Non riusciva a credere di parlare e capire così bene una lingua tanto complessa. – A forza di girare mercati qualcosa ho imparato – rispose.

Il gigante Ouzan davanti a loro esclamò:

– A lui vendo!

Poi aprì le braccia per indicare a Giovanni che poteva scegliere tra i suoi tappeti. Il ragazzino e lo zio fecero per avvicinarsi, ma, di nuovo, Ouzan bloccò il commerciante.

– No tu – disse, perentorio. – Solo lui.

E così Giovanni si infilò tra i venditori, che cominciarono ad aprire davanti a lui i tappeti, per mostrarglieli.

Dal punto in cui era rimasta, Giuliana prese a contorcersi, per cercare di consigliare il nipote e gli gridava:

– Quello sì!..., quello piccolo no!

Ma per fortuna Habbas gli si avvicinò e, da onesto intenditore, cercò di aiutarlo. Seguendo le indicazioni del turco, Giovanni si accorse di saper distinguere i tappeti migliori guardando l'ordito, la qualità e la ricchezza degli orli, la presenza delle firme dei sarti, l'età e l'usura delle lane. Sceglieva rapidamente, con cura, facendo alzare di tanto in tanto un tappeto perché i suoi zii lo potessero vedere. Ma, più che loro, ascoltava una voce interiore, che gli sembrava suggerire che cosa scegliere e cosa scartare.

A un certo punto, ricevette da Claudio un perentorio Alt! e, a quel punto, contrattò il prezzo finale. Il gigante magro cominciò a rilanciare e Giovanni, irremovibile, riuscì a fargli abbassare la cifra. Poi, grazie a una rapida spola di Habbas, si fece dare da Claudio un rotolo di banconote, e pagò. Dopo una vigorosa stretta di mano al commerciante turco, tornò dai suoi zii, il cui sguardo era a metà strada tra l'ammirato e l'incredulo.

– Che nipote, signori! – esclamò Habbas, gongolante. – Questo ragazzo vale più oro di quanto pesa.

Giovanni si limitò a sorridere.

– Non ho fatto niente di straordinario.

– Ne parleremo poi, con calma. Ora sono esausta! – annunciò Giuliana. – Andiamo a mangiare.

Raphael camminava nervosamente nello studio. Era l'unico modo che aveva per scaricare la tensione. Mohammed e Walter erano arrivati a Kars. Dovevano solo trovare gli italiani. E riprendere la scatola.

Mentre era impegnato nell'ennesima perlustrazione della stanza, Raphael si interruppe sentendo un vago rumore provenire da dietro la porta.

Scivolò fino alla soglia e fece scattare la serratura. Si ritrovò davanti la sua cameriera, Celeste, le cui guance si imporporarono come quelle di una bambina colta in fallo.

– Celeste! – esclamò Raphael. – Che cosa succede?

La donna di servizio sussultò e disse:

– Volevo sapere che cosa comperare per lei domani; c'è qualcosa che desidera mangiare in particolare?

Raphael la guardò, sorpreso da quella domanda:

– Non saprei..., lo sai che mi fido di te, qualunque cosa tu faccia per me va bene; non sono così esigente.

Poi le sorrise:

– Non essere così preoccupata, fino a ora hai fatto un ottimo lavoro.

Celeste recuperò la sua tranquillità e lo salutò con garbo.

Raphael rimase a guardarla mentre si allontanava lentamente nel corridoio.

Da quanto tempo era al suo servizio? Non riusciva a ricordarlo. Ma forse non aveva nemmeno importanza.

15

La scatola d'argento

Il piacevole caldo del ristorante proveniva da due forni a legna di diverse dimensioni, su cui crepitava la brace. Questa veniva passata dal più grande al più piccolo e serviva per la cottura di focaccette, di pane azimo, zuppe vegetariane e carne di montone.

Giuliana si guardava intorno, indicando con il naso le strane figure che li circondavano, per lo più uomini. Giovanni, invece, cercava di tenere lo sguardo basso, perché ogni volta che lo sollevava si ritrovava a incrociare quello di un gigantesco vecchio con i baffi alla Gengis Khan. Sottolineati da zigomi alti e prominenti, gli occhi erano accolti da orbite profonde e lanciavano scintille di luce come le braci dei due forni. Poi, dopo una lunga osservazione che dovette convincerlo, il cosacco si alzò. Riassettò la sua vestaglia grigia chiusa da un cinturone e uscì dalla stanza facendo risuonare sul pavimento i suoi stivali ingrassati e lucidi. Aveva i capelli grigi, lunghi, raccolti in una lunga coda. Rimase fuori solo pochi minuti, per poi fare ritorno al tavolo in compagnia di un uomo insignificante, mingherlino e pallido, molto pulito e circospetto e un bianco alto come il cosacco, però magro e ossuto come un avvoltoio; sulla sua spalla era accomodata una scimmietta aggraziata.

Giovanni fissò la bestiolina, domandandosi dove l'avesse vista prima. E poi se ne ricordò: alla partenza per la Grecia, quando aspettava la nave degli zii.

La scarica di un brivido lo punse alla base del collo. Accanto a lui, Giuliana si godeva beata il tepore e il profumo del fuoco e sbocconcellava soddisfatta quel che restava della focaccia calda. Claudio aveva aperto un taccuino e, in modo metodico ma soddisfatto, stava cominciando a fare i conti dei tappeti acquistati durante la giornata.

Giovanni tornò a occuparsi della sua zuppa, quando una voce italiana li fece sobbalzare:

– Scusate!... Siete italiani anche voi, vero?

Era stato l'uomo biondo, entrato in compagnia del vecchio cosacco, a parlare.

– Sì. Certo! – salutò Claudio, un po' sospettoso.

Giuliana, invece, sembrava entusiasta della coincidenza. – È incredibile! Siamo davvero dappertutto.

Walter sorrise morbidamente e la scimmietta si agitò appendendosi ai suoi capelli riccioluti.

Si avvicinò al loro tavolo e indicò la sedia ancora libera. – Vi dispiace se mi siedo per un momento?

E, senza aspettare la risposta, si accomodò.

– Che ci fa in un posto come questo? – gli domandò Giuliana, mentre Giovanni fissava ostinatamente il piatto.

– In realtà cercavo proprio voi.

– Noi?! – risposero all'unisono Claudio e Giuliana.

Walter cercò di districare Calamity dai suoi capelli.

– Si può dire che vi sto letteralmente inseguendo.

– Inseguendo noi? E da dove?

– Da Istanbul. Ma non sono solo... –, e indicò il turco senza espressione che sedeva accanto al vecchio cosacco, a cui arrivava più o meno alla spalla. Abbozzò un sorriso che non cambiò il suo sguardo vuoto. Nel frattempo il vecchio cosacco ruminava una mela e aveva ripreso a fissare Giovanni. Forse gli era giunta voce del piccolo commerciante dell'ovest. Qualunque fosse la ragione di tanta attenzione, il ragazzo non era per nulla preoccupato. Aspettava.

– E potremmo sapere perché? – domandò Claudio.

– Per un errore.

– Quale errore. – Giuliana alzò la voce, improvvisamente un po' stridula.

Walter si profuse in sorrisi rassicuranti:

– Nulla di grave, per carità. Soltanto..., quando eravate al mercato delle spezie di Istanbul...

– Ebbene?

– Il ragazzo... – e indicò Giovanni che sedeva impassibile e con gli occhi d'improvviso guardinghi.

– Che cosa ha fatto? – Giuliana e Claudio puntarono nello stesso tempo i loro occhi interrogativi sul nipote.

– Ha acquistato una piccola scatola.

– È vero! – confermò Giovanni. – E allora?

– L'errore sta nel fatto che quell'oggetto era già stato acquistato da un'altra persona.

– Ah! – disse Claudio. Poi aggiunse. – E lui come poteva saperlo? Gli è stato venduto e lui lo ha regolarmente pagato, non è vero?

Giovanni annuì, fermo sulla sua sedia. Lo avvolgeva un leggero senso di freddo.

Anche il secondo uomo, il turco, si avvicinò al tavolo. Si mise in piedi dietro all'italiano, come un'ombra supplementare. Quando parlò, in un italiano stentato, la sua voce aveva un che di falso e di mellifluo.

– È stata tutta colpa mia! – si schermì, inchinandosi ripetutamente, – avevo lasciato la mia figlia più giovane sola in negozio per pochi istanti e lei, non sapeva, ha venduto la scatola.

Indicò Giovanni continuando a fissare Claudio e Giuliana negli occhi.

– E voi ci avete inseguito fin qui per recuperare una scatoletta d'argento?

L'uomo annuì.

– Ma che avrà mai di così speciale! Certo! È graziosa e, forse, antica... – L'istinto per gli affari di Giuliana ebbe finalmente lo spiraglio giusto per mostrare le proprie conoscenze acquisite in anni e anni di mercatini. – Direi che è una bella scatola che ha un valore d'antiquariato, ma non giustifica certo il vostro viaggio sin qua..., non è vero?

– Il mio cliente più importante è un collezionista. E io gli avevo dato la mia parola.

– Sono inconvenienti del mestiere – rispose Claudio, a cui quel colloquio cominciava a irritare.

– Inoltre, mi aveva già pagato anticipatamente.

– Restituite il denaro.

– Certo! Potrei restituire il denaro, ma potrei pure ricomprare da voi la scatola e fare contento il mio cliente. Sarei anche felice di rimetterci pur di non mancare alla mia parola.

– Di che somma stiamo parlando? – si informò Giuliana, negli istanti di silenzio che seguirono. La scimmietta ascoltava, calma, sempre appesa ai riccioli del suo padrone.

Mohammed disse la somma. Era molto alta. Dieci

volte di più di quanto Giovanni aveva pagato. Giuliana, che lo sapeva, guardò il nipote, ma la maschera del ragazzo era del tutto impenetrabile.

– Francamente non saprei..., è una storia così inverosimile! – disse Giuliana, mentre si arrotolava una ciocca di capelli rosso fuoco intorno al dito.

Walter si rese conto che era necessario rasserenare il clima, e disse:

– Non c'è bisogno di decidere adesso. – Si alzò dalla sedia con un bel sorriso, e Calamity che gli correva da una spalla all'altra. – Riflettiamoci sopra e domani potremmo incontrarci nuovamente qui, mangiare qualcosa tutti insieme e trovare una soluzione.

Claudio e Giuliana accettarono. I due uomini li salutarono con un inchino rispettoso e tornarono al loro tavolo, dove cominciarono a confabulare con il vecchio cosacco.

– Ma ti pare possibile? – sussurrò Giuliana a Claudio.

Lui aveva stretto la bocca in un taglio privo di labbra e scuoteva il capo, indeciso sul da farsi.

– Hai la scatola qui con te? – domandò alla fine a Giovanni.

– No. È in camera.

– Allora andiamo in albergo e guardiamola un po'. No – aggiunse, vedendo che Giuliana stava per alzarsi. – Non adesso. Con calma, altrimenti li allarmiamo.

Cominciarono a chiacchierare di sciocchezze, guardando di sottecchi il tavolo vicino, fino a quando i tre uomini si alzarono, salutarono di nuovo e uscirono.

– Cosa avrà mai di tanto prezioso? – si domandò Claudio, pagando il conto.

Giovanni credeva di saperlo, ma, chissà perché, non aveva alcuna intenzione di rivelarlo.

Fece spallucce e si richiuse nel suo silenzio.

Sebastian e Michele uscirono dalla stanza senza parlare. L'incontro con il Gran Maestro aveva lasciato entrambi sospesi in una dimensione di profonda riflessione. Come testimoni di un piccolo ingranaggio della macchina che regola il mondo che non possono fare a meno di immaginarne il resto.

Risalirono sull'auto, chiusero le portiere, si guardarono e respirarono profondamente. Infine sorrisero.

– Partiamo? – chiese Sebastian.

– Sono pronto – rispose Michele.

Il saggio Gunduz era veramente un uomo senza tempo: poteva essere vecchissimo o di mezza età. La sua pelle bianca era liscia e le sue gambe, annodate a terra in una posizione che qualunque europeo avrebbe considerata scomoda, lasciava eretta la sua schiena senza sforzo apparente. Soltanto la lunga barba e i capelli bianchi attorcigliati in una specie di turbante facevano pensare a un'età ragguardevole. Sedeva su un tappeto scolorito che Giuliana ammirò subito e continuò a guardare per tutta la durata di quell'incontro. Alle loro spalle, una finestra senza vetro incorniciava la bellezza lontana del monte Ararat innevato e scintillante di sole.

Avevano parlato ad Habbas dell'incontro, e lui era stato categorico:

– Soltanto il Saggio può spiegarvi qual è il valore della scatola. Farò in modo che voglia ricevervi e parlarvi.

E ora il Saggio teneva la scatola tra le mani e la esaminava con meticolosa lentezza, senza proferire verbo.

La cella dove viveva, nel quartiere più antico della città, era spoglia, quasi inospitale; vi dominava un freddo intenso, ma vitale, che lui pareva non sentire, avvolto com'era in panni di feltro senza colore. Una tenda, ricavata da un tappeto vecchio, avrebbe forse potuto tenere lontano il gelo, se solo fosse stata calata sulla finestra, ma allora il buio avrebbe invaso la stanza e i moccoli di candela ormai esausti non sarebbero bastati a rendere l'ambiente accogliente. Ebbero il tempo di esaminare quei particolari e molti altri ancora, come il reticolo di crepe dell'intonaco, e la forma delle pietre intorno al davanzale, prima che il vecchio si decidesse a parlare. Fino a quel momento, zii e nipote avevano provato un reverente rispetto per quanto stava loro accadendo, e non osavano infrangere quel silenzio quasi sacro.

Finalmente il vecchio che aveva a lungo rigirato tra le mani la scatola, senza mai aprirla, parlò. E la sua voce era bassa, lenta come i granelli di sabbia che scorrono nell'imbuto di una clessidra, ma altrettanto implacabile.

Habbas cominciò subito a tradurre, con pacati sussurri, le flebili spiegazioni del saggio.

– Dice che è un oggetto di squisito artigianato. Uno scrigno armeno di mirabile fattura. L'argento granagliato, un tempo, doveva essere dorato: se ne vedono ancora le tracce e crede che, se si togliesse la seta all'interno, che è stata aggiunta in epoca relativamente recente, si noterebbero le tracce d'oro...

– Le croci arabescate e annodate alle piume di pavone creano al loro interno altri croci di luce: è un simbolo. Dio creatore dell'universo: un soggetto ornamentale caro agli armeni, così come le "S" e le "E" intrecciate lungo le bordure, che indicano Dio e l'Onnipotente, ma, dice, la cosa incredibile è che sul coperchio è raffigurato un... quarto corpo, un quarto di...

Habbas annaspò un po' con le parole, fino a trovare quella giusta: un Tetramorfo. Si dice così?

– Può darsi – convenne Claudio. – Vai avanti.

– Dice che ce ne sono pochi esempi in Europa, e risalgono tutti al Medioevo. Ma questa scatola è molto più antica, e questo simbolo è estremamente raro.

Il vecchio spinse la scatola sotto agli occhi dei suoi ascoltatori, perché seguissero meglio la spiegazione.

– Non l'ho mai visto così loquace e soddisfatto – sibilò Habbas all'orecchio di Claudio, prima di ricominciare a tradurre.

– Deve essergli piaciuta – disse Giuliana.

– Brutto segno – osservò invece Claudio.

– Il Tetramorfo è formato da quattro diversi animali e, solitamente, si ispira alla visione biblica di Ezechiele, ma in questo caso… no. È preso direttamente dall'Apocalisse di san Giovanni perché le ali dell'aquila sono sei, e coperte di occhi, che le fanno assomigliare a piume di pavone. È una simbologia molto strana, perché mai il pavone viene accostato a questa figura. Lì…, dove vi sta indicando…, si vedono le altre teste degli animali sacri: il toro, che può anche essere un bue, o un vitello, il leone, la testa dell'aquila e l'uomo. Che non è proprio un uomo, ma…

– Dio… – sussurrò Giovanni, senza che gli altri lo ascoltassero.

– Che è uomo quando vive, toro quando muore, leone quando risuscita e aquila quando sale al cielo.

Il vecchio annuì e parlò ancora più convinto. Habbas tradusse:

– Gli animali sono quattro come i quattro Vangeli: l'uomo è san Matteo, il toro è san Luca, il leone è san Marco e l'aquila è san Giovanni.

Nel dire questo occhieggiò verso il ragazzo che, immobile, ascoltava con molto interesse. Il Saggio si volse poi verso Giuliana.

– Perché mi guarda? Che cosa dice? – domandò subito la donna ad Habbas.

– Sa che lei commercia tappeti.

– E anche che io li pago? – scherzò Claudio, come offeso dal non essere stato considerato.

– Ssh! Che cosa sta dicendo?

– Che le simbologie che si vedono su questa scatola si ritrovano anche sui tappeti, erroneamente scambiati per arabeschi orientali. Dice che quei disegni sono in realtà nati in occidente, e poi sono stati portati in Armenia, che è terra cristiana. Il più antico tappeto di lana annodata che esiste al mondo è armeno. È il Pazyryk del museo di Leningrado che rappresenta la delegazione armena in viaggio a Persepoli. Questo tappeto ha circa 3600 nodi per ogni decimetro quadrato..., che è qualcosa di inimitabile persino con le tecniche più moderne.

Giuliana, rapita, non si perdeva una sillaba.

– E la più antica menzione di un tappeto annodato

è contenuta in un'opera, dal titolo "Djirab al-Dawla" di Ahmed ibn 'Abd al-Hamid che risale all'epoca del governo di Ma'mun, alla fine dell'VIII secolo, in cui si dice che gli Armeni erano tenuti a fornire ogni anno ai califfi di Baghdad una tassa di 20 tappeti: i busut mahfura. Gli speciali tappeti con i nodi, inventati dagli Armeni. Poi… però…

La voce del Saggio si abbassò, come se la parte successiva del racconto gli fosse difficile da affrontare.

– Con l'invasione dei Selgiuchidi del 1071, gran parte dei centri armeni di annodamento e di coloritura delle lane furono distrutti. Resistette Kalikala, l'attuale Erzurum. Ma buona parte dei popoli che vivevano qui emigrarono e portarono con sé la loro arte. In Spagna, in Andalusia, a Murcia... Non furono i nomadi, come scrisse lo studioso Erdmann… – e qui sorrise persino, non di scherno, ma con benevolenza – a originare i tappeti come li conosciamo adesso, ma il popolo armeno in Turchia. Il tappeto era un simbolo di potere anche religioso, ma cristiano. Faceva parte degli arredi dell'altare e del pulpito. E solo molto tempo dopo, con le guerre, se ne appropriarono gli islamici, e ne raffinarono le tecniche e i decori, che voi chiamate arabeschi.

Detto questo, il vecchio tacque e posò a terra la scatola, a pochi centimetri dai suoi piedi.

– Bella spiegazione – borbottò Claudio. – Ma

per quanto riguarda questa benedetta scatola?

Habbas tradusse la domanda, cercando di mitigarne il tono pungente.

– Dice che una scatola piena di simboli non può essere vuota. È un contenitore prezioso per qualcosa di più prezioso. Che lui però non vede.

– Quindi così com'è non vale un accidente? – riassunse Claudio.

– Claudio!

Il vecchio sorrise a quello scambio di battute, pur senza comprenderlo, e i suoi occhi accarezzarono ancora una volta la scatola, come per salutarla. Poi invitò Giuliana a riprenderla.

– Un'ultima cosa... – tradusse Habbas. – Il saggio Gunduz vi ringrazia di avergli dato la possibilità di esaminare una cosa così bella, e dice di essere tornato indietro ai suoi anni di studio, con grande piacere, ma...

Habbas lasciò parlare un poco il vecchio, prima di tradurre.

– Ma cosa?

– Ma dice che, in pratica... Ecco...

– Qualcosa, nella scatola, urta la sua... sensibilità – sussurrò Giovanni, soccorrendo Habbas nella traduzione. E poi, quando sentì su di sé gli sguardi di tutti gli altri, continuò a tradurre, fissando le labbra del vecchio. A mano a mano che le parole gli uscivano dalla bocca sentiva un lungo brivido lungo la schiena, perché capiva perfettamente quello che il saggio gli stava dicendo. – Come se vi fosse una presenza..., una forza negativa che lo turba, che non lo lascia pensare in pace, come acqua che sfugge dalla brocca, come sabbia che entra dalle aperture… qualcosa che non capisce.

Il vecchio aveva terminato il suo discorso. I suoi occhi erano solo per Giovanni. Non pronunciarono altre parole, ma si esaminarono, come per condividere un segreto inviolabile.

Furono secondi interminabili, in cui Giovanni si sentì nudo e indifeso, ma che si sforzò di sopportare, senza muovere ciglio, sperando che quell'esame minuzioso terminasse al più presto.

Michele fischiettava tra sé e sé, guardandosi intorno. La breve barriera di alberi gli precludeva e nello stesso tempo esaltava la vastità dell'orizzonte orlato di morbide colline. Gli dava un senso di pace, anche se non aveva la profondità del mare. E nemmeno la stessa temperatura. Rientrò per mettersi un secondo maglione e riorganizzò i pensieri. Da quando era arrivato in quel luogo avvertiva una strana sensazione, come di maggiore coinvolgimento nei confronti della sua missione e soprattutto del ragazzino, di cui conosceva solo il nome: Giovanni.

Aveva affittato sotto falso nome una camera nella pensione gestita dai suoi genitori, ogni mattina si svegliava e osservava la finestra della sua stanza, le mille impronte sui vetri, e immaginava la sua giovane sagoma intenta a ricalcare disegni o a studiare le stelle nelle notti più limpide. Provava una certa simpatia per lui, ma non sapeva bene perché. Viveva a contatto con il suo mondo che stava conoscendo poco alla volta. Giovanni sarebbe tornato, ignaro di tutto e... Michele bloccò il flusso di immagini che gli affollavano la mente. Al poi avrebbe pensato più avanti. Riprese ad allenarsi. Voleva avere fiato e resistenza.

Le parole di Sebastian ripresero possesso dei suoi pensieri: – Non puoi fallire, hai una sola possibilità.

Lui, invece, riteneva di averne almeno due. Quando scese il buio, ricominciò a correre, con una cadenza che soltanto poco tempo prima lo avrebbe distrutto. Facendo attenzione a non attirare troppo l'attenzione, percorse viottoli in salita e discesa, tra alberi, cespugli spinosi e fossati mal curati, assaporando la fredda protezione della notte e l'equilibrio del suo corpo, che si stava ritrovando.

Il suo respiro era di nuovo regolare.

Prima possibilità: fuggire.

Seconda possibilità: fuggire.

Erano queste le due scelte che sperava di poter fare.

E la differenza tra le due era sottile, ma importante. Costeggiò la casa due volte e, quando ebbe tutto chiaro nella sua mente, rallentò la corsa sin quasi a fermarsi.

Tornò indietro.

Entrò in camera e si preparò un tè bancha caldo, con qualche biscotto di riso e, circondato dall'oscurità stridula della campagna, si affidò alle sapienti braccia della lettura.

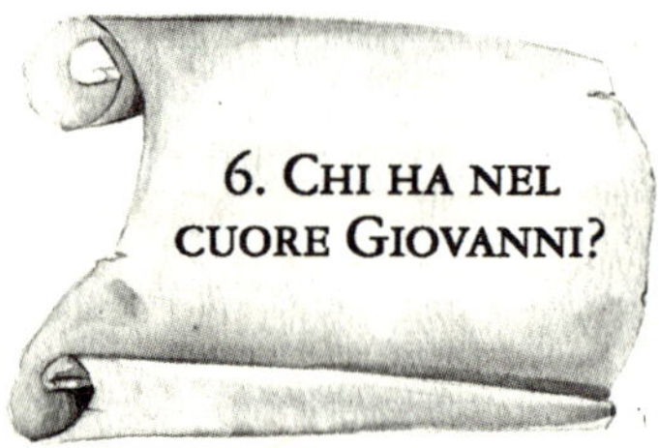

16

IL NIPOTE PRODIGIO

– Due cose – disse Claudio a Giovanni, in tono perentorio. Camminavano in un turbine sommesso, prodotto dalle ruote delle loro valigie tirate lungo il marciapiede sconnesso. – La prima: come diavolo fai a capire il turco dato che è la prima volta che metti piede in questo paese..., dato che io, in vent'anni, so a malapena chiedere un caffè?

– Che tra l'altro non lo chiedi più, perché hai scoperto quanto fa male – aggiunse Giuliana, come sempre puntigliosa.

Claudio le lanciò un'occhiata che avrebbe zittito un merlo in amore. Poi continuò:

– E... due: come diavolo hai fatto a scegliere proprio quella scatoletta tra le mille carabattole di quel negozio?

Giuliana annuì:

– Forse perché era l'unica cosa che doveva comprare. Visto quanto vale...

Al che Claudio trasecolò.

– No! È proprio il contrario, invece!

Giuliana guardò il marito, pensando che a volte non aveva il minimo fiuto.

Gli occhi rotondi di Claudio esprimevano una strana forma di rimprovero camuffato da ammirazione per il nipote. Il quale, ora, sembrava rintanato nelle spalle, schiacciato dal peso del suo zaino, confuso e forse anche un po' infastidito.

– Non lo so... – ammise. – Quando sono entrato ha catturato la mia attenzione..., è una semplice scatola, però...

– Cosa ti dicevo? È il buon gusto di famiglia – azzardò Giuliana, orgogliosa.

– Mi ha attirato – confessò Giovanni, ficcandosi una mano in tasca, là dove riposava la moneta antica. La strinse, e continuò: – La zia era fuori a guardare le stoffe ricamate e quella scatolina mi ha... chiamato. Ecco. È andata così.

Caricarono le valigie sulla jeep di Habbas, parcheggiata lungo la strada. Poi si guardarono intorno. I due adulti presero a confabulare.

– E adesso cosa facciamo?

– Potremmo tenercela, farla valutare e rivenderla.

– Tipo da Sotheby's?

– O magari da un antiquario privato.

– Veramente l'ho comprata io! – intervenne Giovanni.

L'evidenza della cosa zittì Claudio e Giuliana che guardarono con aria interrogativa il ragazzino.

– E tu cosa vuoi fare? – gli domandarono.

– Se mi pagano bene... io gliela rivenderei.

– Sì... – convenne Claudio. – Forse è la cosa giusta.

– Il mondo degli antiquari è difficile, credo. E bisogna trovare una persona che ami l'oggetto, che voglia veramente quella scatola e sia disposta a strapagare... come il cliente di quell'uomo.

– Rischieremmo di farci fregare.

– Anche perché non è il genere di cose che trattiamo solitamente noi in negozio.

– Potremo chiedere più di quanto ci hanno offerto ieri.

– Era già una bella cifra.

– Ma... adesso... Quanto pensi che possa valere?

– Non saprei...

Giovanni si piazzò in mezzo alla strada, tenendo alle sue spalle la "V" rovesciata dall'Ararat. – Facciamo così. Se mi danno il doppio di quello che abbiamo speso per comprare tutti i tappeti, la rivendiamo.

Claudio e Giuliana tacquero di colpo.

Era una grossa cifra.

– Così vi restituirò quello che avete speso e terrò il resto per me.

Claudio e Giuliana erano senza parole.

– Certo che sei sveglio per la tua età! Solo pochi mesi fa ti costruivi le capanne sugli alberi e ora sembri un esperto commerciante – osservò Claudio, al colmo dello stupore.

– E pensare che mia sorella mi ha raccomandato di avere cura di te. Sembra che stia accadendo il contrario!

La mano di Giovanni era distesa, palmo in giù, davanti a loro. Claudio ci mise sopra la sua e, per ultima, lo fece anche Giuliana.

– Tutti d'accordo?

– Tutti d'accordo.

– Andiamo a mangiare, allora.

Nella taverna, il caldo faceva piacere alle ossa. I forni bruciavano la legna accatastata fuori, e la brace passava dal forno grande a quello piccolo con bagliori rossi e scintille. Il profumo di carne era invitante e le zuppe sobbollivano lente sui carboni ardenti.

Al tavolo più lungo del locale erano già seduti il turco, avvolto in un lungo cappotto, e l'italiano con la sua inseparabile scimmietta. Poco lontano da loro, in un tavolo isolato, il gigantesco cosacco stava bevendo tè da un bicchiere di vetro che pareva doversi infrangere da un momento all'altro tra le sue grandi mani sgraziate.

L'aria calda era satura di attesa. Vedendoli entrare, i due uomini si alzarono dal tavolo e li invitarono ad accomodarsi. Claudio e Giuliana per primi e Giovanni dietro, lo zaino sulle spalle.

– Venite, venite a sedervi. Cosa volete mangiare? Volete qualcosa da bere?

C'era molta gentilezza nei loro modi, ma si avvertiva una sottile falsità di fondo, quasi ansiosa. Si percepiva una palpabile tensione, e una venatura di gelo, nonostante il calore dell'ambiente. Era legata ai baffi del cosacco, e ai suoi occhi taglienti. Giuliana sembrava la più inquieta di tutti: si sentiva travolta dagli eventi e per nulla all'altezza della situazione. Avrebbe dovuto essere lei, l'esperta di famiglia, a tenere le redini della trattativa e non suo nipote.

Nemmeno Claudio si sentiva a proprio agio. Lui, l'uomo del gruppo, aveva la responsabilità di proteggere gli altri, ma non sapeva bene cosa fare. E poi c'erano quelle brutte sensazioni sull'esito di quella trattativa. Che cosa sarebbe successo, si domandava, se si fossero rifiutati di vendere la scatola?

Sarebbe intervenuto il cosacco seduto nel tavolo in fondo? E per fare cosa?

Giovanni, poi, era il più teso di tutti. Fingeva di non sapere che, forse, oltre alla scatola in sé, era la moneta nascosta nel sottofondo che poteva interessare l'acquirente. Decise comunque di non parlarne, a meno che non gli venisse chiesto espressamente. Non aveva alcuna voglia di cedere il suo portafortuna, che si era rivelato all'altezza della situazione. Lo tenne nella solita tasca, cacciato bene in fondo.

Parlarono tutti del più e del meno, fingendo di non avere un problema da risolvere sin quasi al termine del pasto, come era in uso in oriente. Poi, quando vennero serviti i torcetti dolci, fu il momento di cominciare la trattativa.

– Qual è la vostra decisione? – domandò, per primo, Walter.

– Be'... – rispose Giuliama. – A dire il vero... noi avremmo pensato...

– La cifra di ieri era troppo bassa – disse Giovanni, con la voce che tremava alla fine delle parole.

Walter e Mohammed soppesarono il ragazzo, che, prendendo coraggio, continuò:

– L'abbiamo fatta valutare dal saggio Gunduz in persona. E lui ci ha detto che ha un valore immenso.

Le spalle del turco si abbassarono di colpo, segno di una speranza andata in frantumi. Se gli italiani sapevano quello che avevano tra le mani era inutile fingere, o fare tentativi puerili. Il cosacco sull'altro tavolo batté il bicchiere sul tavolo.

– Quindi? – domandò Mohammed.

– Quindi… cosa ci offrite? – chiese Claudio, con voce bassa.

Mohammed si strofinò le mani e pronunciò una cifra, di poco inferiore al doppio di quanto avevano speso per i tappeti. Giuliana ebbe un sussulto, Claudio smise di tamburellare con le dita sul tavolo e Giovanni, implacabile, accennò un rifiuto col capo. Giuliana e Claudio cominciarono a guardarsi intorno, facendo passare lo sguardo da uno all'altro, come in una partita di poker.

Mohammed si raschiò la gola e riprovò con una cifra superiore, ma, ancora una volta, il ragazzino negò lasciandoli di sale.

Ci fu un rumore brusco, seguito da un grido stridulo della scimmietta.

Walter, spazientito, si levò il piatto da davanti e, allungando la mano verso Giovanni, triplicò di colpo l'intera cifra.

Era una cifra inaudita. Giovanni tacque, come se stesse riflettendoci sopra, e gli zii trattennero il fiato. Mohammed, se possibile, lo tratteneva di più tanto che la sua pelle cadaverica era ancora più impallidita.

– Mi pare un'offerta generosa... – sibilò con evidente contrarietà.

Giovanni lasciò trascorrere alcuni interminabili secondi e poi, con un sorriso, strinse la mano dell'uomo. – Accetto! – esclamò. Gli argini della tensione generale si ruppero all'istante permettendo al sangue raggelato di scorrere nuovamente nei corpi.

Giuliana prese a ridacchiare nervosamente, mentre Claudio, dopo aver soffiato fuori tutta l'aria che aveva nei polmoni, attirò l'attenzione del cameriere.

– Caffè, doppio – ordinò, lanciando una fiera occhiata di libertà alla moglie. – E un amaro. Il più alcolico che avete.

Giovanni, intanto, si era tolto lo zaino dalle spalle, lo aveva aperto e ne aveva tirato fuori il pacchetto con la scatola.

Nel posarla sul tavolo, tolse la carta che l'avvolgeva e l'argento baluginò alla luce del fuoco, attirando la curiosità della scimmietta, che scese sul tavolo per andarla a toccare.

– Questa è la scatola... – disse Giovanni, tenendoci una mano sopra. – Ma prima di darvela voglio essere pagato in contanti.

Sentendo quella richiesta, Giuliana prese la tazza di caffè dalle mani del cameriere e per la prima volta da anni ne bevve una sorsata.

Mohammed si consultò con Walter, ricevette un segnale di assenso e si aprì il lungo cappotto. Per un istante Claudio temette il peggio.

Invece il venditore del Bazar si sfilò la cintura ricamata che portava in vita e se la girò sulle ginocchia. Era piena di banconote. L'uomo si mise a contare con calma sotto gli occhi increduli di Claudio e Giuliana. Quando ebbe terminato passò il denaro al ragazzo, che, a sua volta, spinse verso di lui la scatola.

La scimmietta lanciò un grido. Il cosacco li osservava con diffidenza.

E l'incontro si concluse.

17

La tempesta

– Santo cielo! Santo cielo! – Continuava a ripetere Giuliana, incapace di dire altro. Avevano recuperato le valigie dall'automobile di Habbas e si stavano dirigendo, con i trolley al seguito che sferragliavano peggio del TGV Milano-Parigi, alla piazza da cui partiva il bus di ritorno.

Anche Claudio era frastornato.

– Ancora non ci credo. Se ci hanno dato una cifra così, forse la scatola valeva ancora di più?

– Ormai cosa ci importa? – rispose Giovanni. – E, in ogni caso, ho deciso di dividere la cifra per due.

– Santo ragazzo! Dovremmo portarti sempre con noi!

– Claudio, fermati! – esclamò Giuliana, vedendo svolazzare al suo fianco una maglietta verde.

– Cosa c'è? – Si voltò Claudio. La sua valigia si

era aperta e, nel trascinarsela per la piazza, aveva seminato metà dei suoi vestiti dietro di sé. – Ah, no! Maledizione!

Impiegò qualche minuto a recuperare il tutto, poi raggiunse gli altri vicino all'autobus. I bagagli dei passeggeri erano legati sul tetto, dove spiccava l'enorme fagotto dei loro tappeti. Claudio li indicò e disse:

– Controlliamo che almeno quelli siano chiusi bene!

Il mattino era incolore e freddo. La piazza, su cui si affacciavano schiere di finestre tristi, nascondeva un'anima squallida, che mal si intonava con il loro stato d'animo. Mentre aspettavano l'arrivo degli autisti, Claudio si allontanò per rifornirsi di Sumak, bacche di gelso bianche e nere seccate al sole. Era uno spuntino buono per ogni ora, ricco di vitamine.

Quando il motore del bus si accese con un ruggito, il tempo si era fatto minaccioso. Grovigli di nuvole grigie, dense e inacidite si erano raggruppate a nord, come in un consiglio di guerra, in cui stavano ricompattando le schiere.

– Andiamo via – sibilò Giuliana. – Non mi piacciono quelle nuvole.

Claudio annuì.

– Niente di buono da lassù.

Anche gli altri passeggeri e gli autisti dei bus guardavano preoccupati il fronte maestoso di nuvole e lo commentavano scuotendo il capo.

Salirono a bordo più in fretta che poterono. Si sedettero.

Giovanni diede un ultimo sguardo alla sua destra, verso la rassicurante sagoma della montagna sacra e salutò l'Ararat, che si stava perdendo nella coltre di nubi.

"Chissà se ti rivedrò mai?" pensò, prima che il bus si mettesse in moto.

Corsero nel grigio del mattino fino a raggiungere la costa del mar Nero, dove un sole indeciso li accolse tiepido, facendo pensare a tutti che il temporale si fosse sfogato da qualche altra parte.

– Guarda! – esclamò Giuliana quando, superata una svolta improvvisa, si ritrovarono davanti a una spiaggia di sabbia beige e ciottoli neri, che si snodava davanti a loro. – Guarda là, Giovanni!

Nel mezzo della spiaggia tre figure giocavano felici, facevano capriole, si abbracciavano, cadevano, si rialzavano, correvano, si buttavano uno sull'altro e, di quando in quando, una di loro, grande e grossa, correva a quattro zampe fino all'acqua, dove si rotolava selvaggiamente e poi si scuoteva, spruzzando di gelidi schizzi i suoi due amici.

– Sono loro! – li riconobbe Giovanni. – I cosacchi del mercato!

Li guardò dal finestrino fino a quando il bus non

li superò, sentendosi afferrare il cuore da una strana sensazione. Per provare a darle un nome, guardò Giuliana, sperando che la sua sensibilità femminile potesse aiutarlo.

– Quei tre sono una vera famiglia – disse lei, semplicemente. – E sono buoni amici.

– Hanno sfasciato il camioncino – commentò invece Claudio, mentre il bus sorpassava un vecchio camion militare, immobile e stremato a bordo della strada.

– Ma sembravano felici – osservò Giovanni, volgendosi per provare a cogliere ancora un istante dei loro giochi sulla sabbia. Era stato qualcosa di magico, vedere i due ragazzi giocare con l'orso sulla riva di ciottoli neri. Qualcosa di raro, come una promessa mantenuta.

– Saranno stati assicurati – disse invece Claudio, fissando testardamente davanti a sé.

Si lasciarono alle spalle quell'angolo di mondo antico e, poco dopo, anche l'illusione d'essere sfuggiti al temporale. Il grigio fitto delle nuvole riapparve all'improvviso dietro al bus, come dopo un lungo inseguimento, e lo inghiottì. Il sole sparì, annullato dalla coltre fitta di brutto tempo e fiocchi così gelati da essere risucchiati in vortici dalla corsa dell'autobus avvolsero ogni cosa. Al rombo sordo del motore diesel, e alla sua nera coda di fumo, si aggiunse il silenzio della natura, del mare spettrale e gonfio, delle persone intimidite dalla potenza della natura in tempesta. L'autista faticava a tenere il veicolo sulla strada e rallentava sempre più. Le voci si zittirono a una a una, mentre lui, cocciuto con la fronte corrugata, contava i chilometri che li dividevano dalla stazione di rifornimento più vicina.

La raggiunsero nel cuore della notte, o del giorno, dato che non era possibile distinguere l'ora esatta dalla luce immota che li circondava. Gli autisti si diedero il cambio e un vigoroso abbraccio, e, poi, il viaggio riprese. La neve cominciava ad accumularsi ai bordi della carreggiata, spalata con mezzi antiquati, con vomeri spinti dai buoi, o da gruppi di contadini volenterosi. Le persone ferme ai bordi della strada li salutavano mentre passavano, contente, ognuna, di aver fatto la propria parte per permettere a quel vecchio autobus di proseguire nella sua corsa. Giovanni si sentiva come un antico re, seduto sulla diligenza che il popolo cercava in ogni modo di far arrivare a corte.

E Istanbul, da qualche parte nel grigio davanti a loro, aspettava paziente il nuovo possessore della moneta.

"Hanno la scatola!" si disse Raphael, esultante.

Era un pensiero che si ripeteva nella sua testa come una sinfonia. Non gli importava la cifra che aveva dovuto spendere, non gli importava il perché o il come di tutta la faccenda. Era riuscito ad avere quello che desiderava. Era prossimo al finale. Il climax, il momento culminante dell'opera. Il vertice che segue le sofferenze. Il punto di arrivo.

– Quando torni, Walter? – esclamò Raphael, indifferente alla Torre Eiffel fuori dalla finestra del suo studio. Persino l'idea di quella sua buffa scimmietta, ora, gli pareva divertente. Ma quanto tempo mancava, ancora?

Gli orologi sembravano immobili. Implacabile durante il resto della sua vita, il tempo ora aveva smesso di scorrere. – Moccioso! – esclamò, guardandosi in uno specchio e immaginando il bambino che aveva comprato la scatola per regalarla alla mamma. Rise. Sarebbe stato un regalo a dir poco sovversivo.

Si fece un appunto mentale: inviare alla mamma del ragazzino un immenso mazzo di fiori.

Ma questo, dopo.

Subito dopo aver aperto la scatola.

Camminava lungo i bordi dei tappeti e percorreva il vasto studio avanti e indietro assaporando sogni e progetti, riflettendo sui nuovi alleati e nuovi sudditi. Fuggevolmente vide nei suoi pensieri il viso di sua sorella.

Fu come riaprire una ferita.

Lei si era allontanata da lui, ma il suo nuovo potere

l'avrebbe costretta a tornare, e a chiedergli di essere dimenticata, per sempre, proprio come lei aveva fatto con lui.

Non c'erano foto, nel suo studio, né ritratti, se non quelli rimasti impressi in fondo alla sua memoria. Li riportò a galla fissando il suo riflesso indistinto nelle finestre affacciate su Parigi. Per primo suo padre, aristocratico e gelido, poi sua madre sempre così elegante da essere riuscita a costruire intorno a sé mura di seta invalicabili. Se fossero stati ancora in vita, forse, finalmente sarebbero stati fieri di lui. Lo avrebbero temuto, e quindi ammirato, nel suo nuovo ruolo.

Perché tutta Parigi si sarebbe riempita la bocca col suo nome e mille falsi amici gli avrebbero rammentato la loro presenza, nella speranza di raccogliere qualche briciola del suo avanzare folgorante... e i pochi, veri amici... E qui la musica nella sua testa si fermò per un lungo istante... I suoi pochi, veri amici si sarebbero pentiti di esserlo stati.

Abbandonò la finestra e si sedette cautamente sul seggiolone. Davanti a lui, sul piano di radica della sua scrivania, c'erano ancora le antiche pergamene delle quali si era impossessato. Cercò di ignorare il fastidio provocato dal ricordo di come si era impadronito di quei documenti e appoggiò il dito sulla marcia di caratteri che attraversavano quelle pelli seccate dai millenni. Il perduto alfabeto che aveva pazientemente decifrato, lettera per lettera, grammatica per grammatica, sintassi per sintassi, fino a raggiungere la rivelazione del segreto, la ricetta della felicità assoluta.

– Quanto devo aspettare, ancora?

Walter doveva essere partito, ormai. Lui e la sua repellente scimmietta. Anzi, no! Si ricordò: la sua deliziosa e impaziente scimmietta. L'unica compagnia che quell'uomo fosse riuscito a comprare, e a mantenere. Sul suo viso fine apparve comunque un'espressione di disprezzo; c'era chi non imparava a convivere con la solitudine dei propri pensieri. Mentre lui ci era riuscito: non aveva bisogno di nessuno, anche se, prima di chiudere gli occhi, meccanicamente, nel letto, cercava di capire perché covasse sempre tanto rancore per chi gli dimostrava di non provare piacere nella sua compagnia. Non volle indagare se anche quella fosse una debolezza, e si abbandonò all'attesa, estenuante, della sua felicità.

18

Ultima notte in Turchia

Istanbul, sommersa da una fitta coltre di neve, era spazzata da un vento gelido e feroce, che soffiava dal nord con una tale potenza da ridurre al proprio volere persino i candelotti di ghiaccio delle grondaie, che sporgevano dai tetti in orizzontale.

– Non ho mai visto nulla di simile – rabbrividì Giuliana. – E spero di non vederlo mai più.

Non ne poteva più di quel viaggio faticoso, di quel freddo ossessivo da cui nessun maglione, piumino o scarpone pesante poteva proteggere. Aveva i piedi perennemente gelati, la punta del naso insensibile, le mani rigide.

Il biancore dei paesi e dei villaggi che avevano attraversato con tanta fatica era interrotto solo dalle geometrie scure dei tappeti, taluni magnifici, che le massaie turche mettevano fuori di casa. Li disponevano per terra al rovescio e ci camminavano sopra, approfittando della neve per lavarli e farli risplendere. Pareva di attraversare assurdi salotti al rovescio.

Quando, infine, l'autobus si fermò, trovarono Alil e Zeinept ad attenderli a braccia aperte. Claudio e Giuliana erano così distrutti da non riuscire quasi a parlare, mentre Giovanni era l'unico della comitiva a essere perfettamente a suo agio. Si strinsero in un fraterno abbraccio, poi entrarono nell'autorimessa di Alil, dove rividero Carnera. Fu come incontrare un pezzo di casa, di famiglia, anche se parve loro che il vecchio camioncino avesse un non so che di imbronciato, come se fosse sulle sue.

Giuliana lo abbracciò.

– Povero Carnera! Ti abbiamo molto trascurato, ma ora siamo qui e... presto a casa!

Giovanni restò a guardare la scena, un poco in disparte. Claudio confabulava con Alil:

– Abbiamo dovuto scaricare l'autobus a metà strada, per via del maltempo. Il carico con i tappeti arriverà domani, con tutte le altre merci. Ho dato il tuo indirizzo e, non appena sarà arrivato, trasferiremo tutto su Carnera e ce ne torneremo in Italia.

Claudio pronunciò la parola "Italia" con una sorta di titubanza, come se stesse parlando di un sogno. Si rifugiarono in casa di Alil e alla sera decisero di andare tutti a pranzare nella cantina di un suo amico, per riprendersi.

La sera a Istanbul sotto la neve era fatata: fiocchi danzanti attorno ai fanali e alle luci delle barche e dei locali, e una coltre di ovatta che tesseva i rumori in un unico, lento motivo. Ai lati delle strade c'erano cumuli di neve spalata così alti da non permettere di vedere oltre, trasformando le vie in dedali irreali. Era come camminare sotto gli occhi severi di colossi informi. Le persone avevano un'altra espressione, erano più lente nei movimenti, più attente a coloro che incontravano. Più consapevoli di quello che stavano facendo. Sotto la neve gli odori si spandevano in altro modo, più sottile e casuale: era come la sensazione di fresco che si prova agitando un ventaglio. Momentanea e piacevole, fragile e desiderabile. Il bianco della neve aveva cancellato tutto lo sporco moderno della città ed esaltato, invece, l'antichità degli edifici, le cui forme eterne riempivano gli occhi di bellezza.

La cantina dell'amico di Alil era poco distante dalla sua casa e si raggiungeva dopo aver disceso dieci scalini. Era un luogo raffinato e sofisticato con luci discrete e tavoli meticolosamente imbanditi, in armonia con le volte di pietra. Il proprietario, un uomo di quasi duecento chili, non appena li vide entrare si mosse a fatica per abbracciarli. Conosceva Claudio e

Giuliana, e aveva un'espressione dolcissima e rassicurante.

Fu contento di incontrare Giovanni, e disse, in italiano: – Così la tradizione non si interromperà, vero? E vostro nipote potrà seguire la vostra via.

– A dire il vero... – rispose Claudio – più che seguire la nostra via, ci ha abbondantemente sorpassato.

E raccontò qualche aneddoto del loro recente viaggio nelle province dell'est. Si sedettero al tavolo, guardandosi intorno meravigliati. Alle pareti erano appesi splendidi disegni dei Dervisci Rotanti. Giuliana li indicò a Giovanni e, con l'aiuto di Alil, gli spiegò che quelli non erano semplici ballerini, ma mistici sufi che raggiungevano l'estasi, e quindi Dio, ruotando su se stessi con il braccio levato verso l'alto. Ruotavano, ruotavano e ruotavano, e in quel movimento lento e costante trovavano il loro equilibrio nel mondo. Erano vestiti con un camice bianco dalle maniche lunghissime che arrivavano sin quasi alle ginocchia; sotto alla cintura scura, anche i calzoni erano bianchi e ampi.

– Dovremmo portarti a Konia a dicembre, quando c'è il raduno – disse Giuliana, sognante.

Claudio sogghignò, acido.

– Un giramento continuo. Da non perdere.

– Mi ricordano qualcuno – osservò Giovanni. – Ecco: mi ricordano Pulcinella.

– Questo perché anche Pulcinella era un mistico commentò il proprietario del ristorante, passando loro accanto. – Lo si riconosce dalla sua eterna melanconia. Ma per fortuna, io dico, ci sono altri modi per raggiungere l'estasi.

E con un cenno fece servire ai suoi ospiti un brodo di pesce dal profumo irresistibile.

– Come è bello essere di nuovo coccolati... – cinguettò Giuliana, assaggiandolo.

– Viva la civiltà! – esultò Giovanni, facendoli ridere tutti.

Raggiunsero la casa di Alil ridendo e tirandosi palle di neve, sotto lo sguardo condiscendente degli ultimi, rari passanti.

Il ragazzo si sentiva realmente felice. Felice di aver venduto la scatola a un prezzo così alto, di stringere tra le dita la sua moneta, forse preziosa, forse no, ma pur sempre sua. Eppure avvertiva un costante senso di pesantezza, come un boccone troppo grosso che non riusciva a mandare giù. "Sarà che alla fine non ho preso nulla per Lucilla" rifletteva cercando di darsene ragione. Ma non era del tutto convinto che si trattasse di questo. Aveva la brutta sensazione che ci fosse qualcosa di molto più grande e più importante, forse un segreto, che in quel momento non era intenzionato a scoprire.

Il giorno dopo arrivarono i tappeti e una squadra

di facchini, legandoseli sulla fronte con una cinghia di cuoio, li trasportò dentro alla pancia di Carnera. Il camion cigolò trionfante e, a mano a mano che si riempiva, riacquistò la sua consueta espressione sorniona. Claudio pagò gli uomini, fu costretto a brindare con loro per festeggiare la fine del lavoro e, tornato in strada, guardò con sospetto il cielo carico di neve, domandandosi quando sarebbe riuscito a ripartire. Tornando in casa di Alil, trovò l'amico che discuteva della stessa cosa con Giuliana.

– Il capitano Carresi vi prenderebbe già domani sul suo traghetto. Niente di comodo o raffinato – stava dicendo – ma non ho trovato di meglio. Sembra che nessun altro voglia mettersi in viaggio con questo tempaccio.

Giuliana guardò Claudio, per decidere il da farsi.

– Può essere pericoloso.

– Ditemi quello che volete fare – commentò Alil, allargando i palmi delle mani.

– Dove attracca?

– A Trieste.

– Ci toglierebbe un bel pezzo di strada.

Alil annuì.

– Non mi pare il caso di mettersi in viaggio via terra con questo tempo. Senza parlare dei predoni.

– Predoni?

– Approfitteranno della minor sorveglianza delle

strade per saltare fuori e assaltare i carichi. E, detto fra noi, Carnera potrebbe avere delle difficoltà su quelle strade disagiate, o in mezzo a una tormenta.

– Inseguiti dai briganti...

Fu questione di poche altre discussioni. Decisero di imbarcarsi.

Anche Parigi era coperta da nuvole minacciose, che sembravano formare intorno a lei un cristallo tagliente.

S'intuiva il freddo solo guardando dalle finestre. Era magnifico.

Raphael amava l'inverno: una stagione priva di odori forti, di persone sudate, e di fastidiosi insetti. Il freddo non lo spaventava, nonostante la sua casa fosse grande e avesse alti soffitti, perché in realtà era molto calda. Eppure, mai come in quei giorni si era ritrovato a odiare l'inverno. Dalla Turchia, ancora una volta, erano arrivate notizie contraddittorie.

A causa di un'improvvisa ondata di freddo, gli aerei non erano partiti, e Walter aveva deciso di salire sul bus che collegava direttamente Kars a Parigi. Il che significava almeno sei giorni di viaggio.

Il che significava aspettare ancora.

E ancora.

Dividendo l'attesa con il gelo del suo cuore.

19

Il traghetto

Quando Claudio, Giuliana e Giovanni lasciarono la loro casa, Alil e Zeinept sparsero un bacile d'acqua dalla finestra. Era un augurio antico: come l'acqua scorre facilmente e liberamente, così sia senza ostacoli il vostro viaggio.

– E che cosa significa il fatto che ghiaccia all'istante? – scherzò con loro Claudio, inguaribilmente burbero.

– Claudio! – lo rimproverò Giuliana.

Ma Alil, che era abituato al modo di fare dell'amico, si limitò ad abbracciarlo fraternamente alle spalle.

– Significa che noi preferiremmo che rimaneste qui.

Si salutarono con il pianto strozzato in gola. Salirono a bordo di Carnera commossi e non smisero di agitare la mano fino a quando non videro scomparire il profilo dell'alto palazzo. Poi, con un sospiro, cominciarono ad affrontare l'ultima parte del viaggio, ognuno ripensando a ciò che più lo aveva colpito.

Giovanni scoprì di non aver alcuna voglia di tornare a casa, ma non lo disse, limitandosi a guardare tutto ciò che scorreva fuori dal finestrino con una voracità inconsueta. L'imbarco era stato spazzato dalla neve e il cielo era di una tonalità grigio scura, che non prometteva niente di buono. Dopo aver sbrigato tutte le formalità, il tardo pomeriggio, Carnera fu parcheggiato in mezzo a camion molto più imponenti di lui. Le dimensioni di quel traghetto erano impressionanti: era come entrare nella navata di una gigantesca città di metallo, capace di ospitare tre livelli di tir. Spartani ascensori interni conducevano gli autisti in una enorme sala comune, invasa dal fumo, dove si mangiava e ci si riposava su panche di legno. C'erano centinaia di persone, e Giuliana era l'unica donna.

Il timore misto a imbarazzo che, Giuliana sentì nell'entrare in quella sala, durò solo pochi minuti. Si accorse quasi subito di come la sua percezione del mondo fosse, molto spesso, rovesciata. I camionisti, che avevano a volte un aspetto poco raccomandabile e ostile, si dimostrarono invece molto gentili. Non solo: quando seppero che erano italiani, cominciarono a confidare le loro paure:

– Certo che in Italia è pericoloso viaggiare! Se uno di noi lascia il camion all'autogrill, non è mai sicuro di ritrovarlo. Ed è anche pericoloso dormirci sopra: tanto che noi viaggiamo sempre in gruppi, per aiutarci.

Giovanni, Giuliana e Claudio guardarono quegli energumeni, domandandosi come fosse possibile che fossero loro, ad avere paura.

– Viaggiamo sempre! Di rado ci fermiamo in Italia.

Con che cosa potevano ribattere, se non con un poco della loro vergogna? Quello che avevano sperimentato della Turchia era stata una grande onestà, e un profondo senso etico, che in Italia, ormai, era più raro trovare. Avevano maneggiato denaro senza che nessuno intervenisse mai a disturbarli: avevano lasciato il camion aperto lungo la strada. Avevano venduto la scatola di Giovanni a un commerciante che aveva percorso migliaia di chilometri solo per non mancare alla parola data.

I camionisti avevano cibo in abbondanza. Claudio aveva ancora le sue bacche di ginepro essiccate.

Mangiarono tutti insieme, poi i tre si ritirarono nella cabina che avevano prenotato, sul ponte superiore.

Quando scese la notte, il mare si svegliò di colpo. Grandi onde confuse nel buio del cielo cominciarono a squassare i fianchi della nave, facendola oscillare come un pendolo.

– O povera me! O povera me! – cominciò a ripetere Giuliana, che, se avesse avuto con sé un rosario, avrebbe cominciato a sgranarlo.

– Prova a dormire – gli consigliò Claudio, aggrappato ai bordi del suo loculo. – Pensa a quei poveracci che dormono sulle panche di legno.

– O povera me! – ripeté ancora Giuliana, quando la nave sprofondò in una valle buia, per poi risalire, e sprofondare di nuovo.

Claudio e Giovanni non si mossero dal letto e Giuliana provò a fare altrettanto. Tentò di fermare il suo stomaco impazzito persino tenendolo stretto con le mani, ma fu inutile. Si precipitò, appendendosi a tutto quello che poteva reggerla, fino al piccolo bagno e restituì al mare tutto quello che aveva appena mangiato. L'impianto idraulico risucchiò il tutto con un ruggito che la spaventò ancora di più. La luce tremolò e si spense, mentre la nave continuava a inabissarsi e risollevarsi.

– O povera me! – caracollò fino al suo letto, livida e svuotata, ma anche così non le riuscì di riposare. Ogni volta che la nave si innalzava, le sembrava che la sua anima si staccasse, e, quando il traghetto ripiombava nel vuoto creato dall'onda, aveva l'orribile sensazione che stomaco e intestino si aggrovigliassero tra loro in modo inestricabile. Rimase ferma, sdraiata, abbarbicata con le unghie alle sbarre di ferro del letto cercando di trovare un po' di pace, ma restò con gli occhi sbarrati fino al mattino.

L'alba fece capolino tra gli spruzzi e le onde furiose con colori lividi e metallici. Si stupì quindi moltissimo quando gli uomini le comunicarono che sarebbero andati a fare colazione.

– Colazione!!!??? Ma come potete!

– Io posso e la faccio... e tu Giovanni?

– Anch'io.

La sola idea di ingoiare qualcosa le fece venire i sudori freddi. Cercò di raggomitolarsi per reggere il ritmo infernale del mare, mentre fuori il vento ululava raccontando storie perverse. Era tutto spaventoso, liquido e cattivo, freddo e nemico.

– Cosa avrò mai fatto per meritarmi questo? – gemeva Giuliana maledicendo d'aver scelto la nave, il letto e l'oblò. – Speriamo che questa vecchia nave regga! Oh Signore, fa' che regga!

Si mise a pregare senza vergogna, e, quando sentì tornare gli uomini, era quasi riuscita a calmarsi. Claudio e Giovanni si ficcarono a letto, cupi e silenziosi.

– Claudio?

– Cosa?

– Quanto manca?

– Tanto. Ci hanno consigliato di stare coricati: sembra non sia una tempesta di poco conto. Durerà parecchio.

– Quanto?

Tanto.

– Tanto, quanto?

Al terzo giorno e alla quarta notte, la tempesta non era ancora finita. Nel cuore di Giuliana era ormai salito un odio mortale contro qualunque tipo di liquido potesse esistere al mondo. Odiava tutto. Anche il fatto che Claudio e Giovanni scendessero a mangiare e risalissero a coricarsi come se niente fosse, adeguando il loro stomaco all'altalena impazzita della nave.

Quando la lasciarono nuovamente sola, si costrinse a fare qualcosa. Non mangiava niente da quando aveva messo piede su quella maledetta nave, e non poteva continuare così. Strisciò fuori dalla sua cuccetta, provò a tenersi in piedi senza vomitare, ma avrebbe anche potuto farlo, perché nel suo stomaco non era rimasto più nulla, e uscì dalla cabina. Si ritrovò in un corridoio in cui tutto sembrava obliquo, che ondeggiava sotto i suoi piedi mandandola a sbattere da una parete all'altra, come prigioniera di una giostra malefica. Ripetendo frammenti di Ave Maria, tra una botta e la successiva, riuscì a scendere, o a salire, non avrebbe potuto dirlo con sicurezza, là dove tutti gli altri si erano riuniti per mangiare e chiacchierare.

Apparve sulla porta arruffata e pallida come

un'erinni sconfitta da Poseidone. Con borse violacee sotto gli occhi e lo sguardo piantato sulla linea del mare fuori dalle vetrate, che saliva e scendeva come nel cestello di una lavatrice. Deglutì e si diresse senza esitazione al tavolo del comandante. Giovanni la chiamò, ma lei ignorò sia il nipote che Claudio. Si appoggiò al tavolo malfermo del comandante e disse: – Esigo un elicottero! Dovete chiamare un maledetto elicottero. Oppure si fermi! Si incagli! Faccia fermare questa nave dove vuole, ma lo faccia! Io devo scendere!

– Signora... – provò a farla ragionare il comandante, comprensivo. Poi vide un rigurgito di lacrime irrorare gli occhi della donna. Così aspettò che Giuliana recuperasse il controllo e le disse: – Si sieda. Lei è stata bravissima.

La nave si sollevò.

– Siamo quasi arrivati. Solo questa notte. E domani sarà a Trieste.

Claudio le si era avvicinato e le aveva posato la mano sulla spalla in segno di solidarietà.

– Niente elicottero, quindi?

Il comandante le fece un mezzo sorriso.

Giuliana aveva tirato su con il naso, poi aveva strabuzzato gli occhi per un altro, improvviso scarto della nave che era precipitata chissà dove e, una volta ripresasi, si era guardata intorno. La sala era silenziosa, e gli sguardi di tutti gli uomini, ed erano tanti, erano fissi su di lei.

– Ah – si disse Giuliana, accorgendosi di aver dato spettacolo. Un residuo di orgoglio femminile, ripescato chissà dove, le fece scrollare voluttuosamente la sua massa di capelli rossi e farle riconsiderare l'idea di ingoiare qualcosa.

Si alzò in piedi.

– Molto bene – disse. Poi si passò una mano sui fianchi. – Bella idea. La consiglierò alle mie amiche.

Tirò su con il naso per l'ultima volta.

– Una dieta magnifica!

Il comandante rise per primo. E poi, tradotta da cento accenti diversi, la sua battuta fece il giro della sala, rinfrancandola un po'.

Bussarono alla porta. Delicatamente. Raphael si voltò in modo da dare la schiena alla persona che stava entrando, in modo che non si accorgesse del fiotto di sangue che gli aveva colorito le guance.

– Avanti! – disse, fingendosi del tutto noncurante.

– C'è un signore che dice di avere un appuntamento con lei – sussurrò Celeste, fragile e minuta.

– Un signore?

– Si chiama Walter. Senza un cognome, mi ha detto. Cosa debbo fare? Mi permetto di segnalarle che sulla spalla del signor Walter c'è una... scimmietta...

– Ah, certo. Adesso ricordo. So che cosa mi vuol dire... Lo faccia accomodare direttamente nel mio studio.

Celeste fece un piccolo inchino, percorse tutto il lungo corridoio fino all'anticamera, annunciò la risposta del signore e guidò l'ospite nello studio. L'uomo era allampanato e incoronato da un'aureola di capelli folti e ricci. Sulla sua spalla destra si era accovacciata una scimmietta, vestita con un giubbetto rosso di lana simile a quello che indossava il padrone. Non manifestò alcuno stupore per l'insolito accompagnatore, fece entrare entrambi nello studio e si richiuse la porta alle spalle sentendo uno stridulo pigolio della scimmia e la voce di Raphael che salutava l'uomo per nome.

La donna in realtà era sempre in attesa di novità e alla ricerca di notizie, ma non lo dava mai a vedere e svolgeva il suo monotono lavoro come una qualsiasi domestica.

All'interno della stanza Raphael si era intanto seduto sull'enorme seggiolone, proteggendosi dietro alla scrivania settecentesca. Quando Walter entrò, il rigore di quella stanza riuscì a intimorirlo, e a inquietare la sua vivace scimmietta.

L'uomo si guardò attorno, titubante. Era la prima volta che aveva un contatto diretto con la persona che gli aveva commissionato parecchi e strani lavori. Si raschiò la gola.

– Eccomi qui.

Raphael gli indicò una sedia.

– Allora, Walter, sembra non essere stato un impegno di poco conto.

E poi, indicando la scimmietta: – Spero che la tua bestiola non corra impazzita per tutta la stanza.

Walter gli mostrò la catenella dorata con cui aveva legato Calamity a un gancetto della giacca.

– Stia tranquillo. È abituata.

Walter si sedette, ricominciando a parlare della scatola. – L'abbiamo inseguita dalla parte opposta della Turchia e strapagata per riaverla. Ma, a quel punto, non è stato facile neppure rientrare a Parigi... Mai vista una simile tempesta. Sono rimasto bloccato tre giorni al confine. Non c'erano strade percorribili, sono saltate le coincidenze dei treni e dei bus. Un disastro!

– Ho saputo – disse Raphael con voce asciutta. – E ho visto la nota delle spese.

– Mi dispiace. – Walter non disse che aveva ulteriormente alzato il prezzo per il suo personale guadagno. – Ma alla fine... eccola qui.

Si tolse lo zaino dalle spalle, lo aprì e porse a Raphael la scatoletta ancora protetta dalla sua confezione originale.

Raphael scostò la carta con mosse misurate, lente e poi rimase ad ammirare la scatola con un reverente, doloroso rispetto.

Sollevò lo sguardo e incontrò quello di Walter. Non voleva, e non poteva, condividere con lui quel momento.

– Il denaro – disse, spaventando la scimmietta. Si alzò e

si diresse a un piccolo tavolo posto tra due poltrone di cuoio, aprì il cassetto e ne trasse un rotolo di banconote, tenuto fermo da un elastico.

– Dollari, come richiesto. Sono contati e vi è compreso il tuo disturbo.

Walter scattò in piedi, prese le banconote e se le infilò in tasca senza contarle.

– Io...

– Certo – tagliò corto Raphael, del tutto indifferente a qualunque cosa lui volesse dirgli. Premette un campanello d'ottone sulla scrivania e, pochi istanti dopo, Celeste apparve sulla porta.

– Sa dove trovarmi, nel caso – disse Walter.

– Naturalmente – rispose Raphael, senza osare porgergli la mano.

Walter uscì senza una parola, mentre Calamity, sulla sua spalla, continuava a fissare Raphael. Una volta rimasto solo, Raphael lottò con il desiderio di aprire le finestre per cambiare l'aria. Non sopportava gli odori estranei. Ma vinse la curiosità. Si sedette alla scrivania, e fece scorrere con la mano tremante il bastoncino tra le due foglie d'acanto. Pur ammirando la squisita eleganza dei motivi ornamentali, il costo a cui l'aveva comprata era almeno il doppio del suo valore di antiquariato, ma non era nemmeno un decimo di quello che vi era racchiuso all'interno.

La aprì. La seta era di un raro colore viola, un damasco insolito.

Sollevò il piccolo cuscino che copriva il minuscolo foro rotondo. Prese il bastoncino, lo incastrò, poi chiuse il coperchio, fino a far scattare il doppio fondo.

Era tutto, esattamente, come si era aspettato. Posò la scatola davanti a sé, rapito.

La aprì, afferrò il bastoncino e lo tirò verso l'alto, sollevando così tutto il doppio fondo.

Dal coperchio della scatola, il Tetramorfo lo guardava con quattro paia di occhi d'argento.

Nel doppiofondo gli apparve il solco rotondo che aveva contenuto qualcosa, che ora non c'era più.

L'urlo gli uscì dalla gola con uno slancio selvaggio.

Fu un grido roco e doloroso che proveniva dal profondo delle sue viscere.

Un grido di rancore e odio, di un furore e di un tormento primitivi.

Quando lo udì dalla cucina, Celeste si bloccò di colpo, terrorizzata.

20

A casa

A Trieste il vento aveva smesso quasi di soffiare e il porto accolse il traghetto nel suo abbraccio grigio. Dal ponte Giovanni, Claudio e Giuliana guardarono sfilare la bella e folle città italiana, bianca di marmi. Il Miramare, arroccato tra gli alberi, salutò lo sguardo stanco di Giuliana rinfrancandola un poco. "Il castello è fermo; non si muove" si ripeteva, faticando a considerare terminato il suo calvario.

Si salutarono prima di scendere dalla nave: i tre italiani, gli autisti turchi e il comandante che gettò un'occhiata di commiserazione alla povera Giuliana e ai suoi occhi insonni. Poi si accesero i motori e la pancia del traghetto si riempì di fumo nero e dello stridore dei pneumatici.

Carnera brontolò e tossicchiò, ma poi si convinse a ingranare un ritmo migliore e lo sbarco avvenne senza problemi. Di certo, lui non aveva sofferto il mal di mare.

Claudio prese posizione dietro al volante, con il consueto vigore. Fece descrivere a Carnera un ampio giro del porto e poi puntò verso il centro della città.

– Conosco un posto che prepara i migliori panini d'Italia – esultò.

Lo stomaco di Giuliana gorgogliò, ma, così le parve, non di disgusto.

Entrarono da Pepi Schiavo e ordinarono tre enormi panini farciti con porchetta, cren, crauti e senape tedesca originale: tre vere e proprie bombe.

Giuliana, sempre attenta a non ingerire troppi grassi che non avessero la forma sufflè alle alghe, per la prima volta decise di abbandonarsi al piacere di una vera porcheria e ne fu felice. Esagerò il tutto assaggiando anche un piccolo sorso di birra. Mangiarono in piedi, tra giacche e cravatte di impiegati di banca e vestitini attillati che sfidavano il freddo delle commesse dei negozi alla moda, recuperando a poco a poco la consapevolezza di essere tornati a casa.

Claudio appallottolò il tovagliolo gettandolo nel cestino più vicino ed esclamò:

– Forza, ragazzi, tra cinque ore saremo a casa!

Giuliana quasi si commosse, mentre Giovanni

non sapeva ancora se esserne contento oppure no.

Il viaggio gli era piaciuto immensamente. Si sentiva bene, forte, sicuro di sé. Ed era pronto ad affrontare qualsiasi cosa o persona.

Aveva voglia di affrontare qualsiasi cosa o persona. A parte il solito nodo alla base della gola. Cercava di non pensarci, ma quello restava e si ingrandiva. Infilò una mano in tasca e strinse la moneta, per trarne energia. Il metallo era freddo, come le sue mani. Si sorprese di tanto attaccamento a quell'oggetto. Sapeva che l'avrebbe difeso a ogni costo.

Quando Carnera imboccò il viale di casa, una strana sensazione strinse lo stomaco di Giovanni. "Sono a casa", si disse, percependo però la cosa come un fallimento.

E la cosa si acuì quando vide sua madre, elegante e fremente come sempre, sbracciarsi davanti all'ingresso del portico, avvolta in un'ampio scialle color vaniglia. Perché era tornato lì? Dove tutto era sempre uguale?

Mentre il camion faceva manovra sulla ghiaia, comparve Messico che salutò il padroncino con il suo abbaiare eccitato: il cane aveva capito che c'era in vista qualche novità. Poi, per ultimo, fece capolino papà che rimase sulla soglia con un enorme sorriso stampato sulle labbra.

– Hei! – gridò sua mamma. Giovanni provò lo strano desiderio di nascondersi dentro al camion, e lasciò che Claudio e Giuliana scendessero per primi.

– Che cosa vi è successo? – esclamò sua mamma, che non poteva fare a meno di dire sempre quello che pensava, anche a costo di rendersi odiosa. – Sembra che vi sia passata sopra una squadra di tir!

– Ed è forse l'unica cosa che non ci è successa – scherzò Claudio.

Ginevra studiò seriamente perplessa il viso stanco di Claudio e poi quello disfatto di Giuliana. Alle sue spalle suo marito aveva smesso di sorridere. Messico, invece, guaiva intenerito dalla gioia e saltava addosso agli zii per leccarli, incurante del loro aspetto.

Giuliana abbracciò Ginevra e le sussurrò:

– Non è stato quel che si dice "un viaggio facile".

La mamma, improvvisamente preoccupata, cercò Giovanni. Lui scese dal camion con un balzo, le restituì una rapida occhiata e poi fissò gli occhi a terra, come se fosse stato colpevole di qualcosa.

– Ciao – salutò, senza gioia. Aprì il bagagliaio di Carnera e scaricò la sua valigia.

Al contrario dei suoi zii, Giovanni era in perfetta forma. "Con un'altra espressione" pensò sua madre, "non sembra lui".

Il padre lo guardò compiaciuto, seguendo i movimenti spavaldi con cui reggeva il suo equipaggiamento. “Il viaggio gli è sicuramente servito” si convinse, felice di avere partecipato al complotto. “Ha un’altra grinta”.

Giovanni fece un paio di passi verso di loro e, in quel momento, Messico ringhiò: arricciò le labbra e scoprì i denti, come se non riconoscesse minimamente il suo padroncino.

Uno strano silenzio calò nel cortile; tutti osservavano il cane che, lievemente piegato sulle zampe posteriori, ringhiava sospettoso con le orecchie dritte per la tensione.

– Ma! – esclamò Ginevra. – Messico? È Giovanni. Che cosa fai?! Smettila!

Giovanni smise di sorridere e allungò la mano verso il suo cane, che arretrò minaccioso.

– Non mi ha riconosciuto! – esclamò. – Messico?

Sentendo la sua voce, il cane sembrò calmarsi un poco, e la sua coda, da piegata in mezzo alle zampe, si distese, e prese a muoversi molto indecisa.

– Ah, ecco..., adesso ci siamo...

Il padre interruppe la scena: agguantò Messico per il collare e lo portò in casa, chiudendolo nel soggiorno.

Giovanni, finalmente, li abbracciò.

– Allora? – domandò Ginevra. – Che ne dite di entrare e di raccontarci tutto?

– Ah no, mia cara! – rispose Giuliana, categorica.

– Desidero solo il mio letto, una doccia calda e casa mia!

– Ma io ho preparato una montagna di cibo per voi..., per sapere tutto...

– Allora facciamo così – propose Claudio. – Noi andiamo a casa. Crolliamo fino a questa sera. Voi portate la montagna di cibo da noi e vi raccontiamo quello che è successo, stando a casa nostra. Che ne dite?

Parve a tutti un'ottima idea.

E, pochi minuti dopo, ripartirono fieri e soddisfatti della missione compiuta a bordo di Carnera.

Giovanni salì nella sua stanza e aprì la valigia. Solo allora si ricordò delle richieste dei suoi amici, delle quali si era completamente dimenticato. Non aveva comprato la maglia del Galatasaray per Marco e nemmeno le sigarette per Paolo. Come era potuto succedere? I suoi amici erano sempre stati importanti per lui, ma ora gli sembrava che le cose avessero assunto un nuovo ordine di priorità nella sua vita. Si sentiva forte e sicuro, quasi non avesse più bisogno di niente e di nessuno.

– Papà, mi porteresti in città?

– Non vuoi riposarti un po'?

– No! – rispose lui deciso. – Voglio dire... no, grazie. Non sono stanco. Se per voi è lo stesso ci vediamo questa sera direttamente a casa degli zii.

– Come vuoi – rispose suo padre, con una punta di amarezza. Lui, inguaribile taciturno, avrebbe gradito che gli venisse raccontato qualcosa di più di quel viaggio. E invece Giovanni aveva girovagato per casa, controllando che nulla fosse cambiato, aveva risposto brevemente a qualche domanda, poi si era lavato, cambiato, aveva ignorato Messico che lo guardava con circospezione e poi aveva chiamato un paio di amici, dando loro appuntamento in piazza.

Nell'uscire in giardino aveva osservato il paesaggio vasto e dolce delle colline e si era sentito di nuovo nel suo ambiente. Ma c'era qualcosa, dentro, che gli suggeriva rimpianti per ciò che aveva vissuto e nuovi desideri ancora imprecisi e vaghi, tra cui, evidentemente, quello di farsi bello con gli amici.

Suo padre lo accompagnò senza una parola e, al ritorno, trovò Ginevra ad aspettarlo in giardino. Aveva preso una lunga spazzola e stava lisciando il pelo di Messico, come per consolarlo di un torto subito.

– Non l'hai sentito anche tu diverso?

– No. – Il marito cercò di sminuire qualcosa di cui anche lui si era accorto.

– Risponde a monosillabi come se lo infastidissi.

– È sicuro di sé e sembra sapere bene quel che vuole.

– Forse – ammise Ginevra. – Ma... mi fa sentire... inutile.

– Non è scritto da nessuna parte che tu debba sempre essere necessaria

In paese gli amici lo aspettavano nella piazzetta che, senza un apparente motivo, dato che non era né la più bella o la più centrale, era diventata il loro punto di incontro. Giovanni li raggiunse con un passo tranquillo, controllando il movimento delle spalle come se avesse avuto una telecamera puntata contro. Si era vestito decisamente male, con gli scarponi con cui aveva viaggiato e la giacca nella quale aveva dormito, ma si sentiva virile in quella tenuta. Essere diverso dagli altri, come a volte sua madre gli consigliava di fare, gli dava finalmente sicurezza, e non un senso di estraneità di cui voleva liberarsi. Raggiunse gli amici sentendosi un vero uomo: uno che aveva conquistato una sua dimensione. Aveva un'apertura verso il mondo che gli aveva fatto capire quanto poco sapesse, e quanto ci fosse da scoprire attorno a sé. Si mise una mano in tasca e controllò di aver portato con sé la moneta. Lucilla fu la prima ad accorgersi del suo arrivo e gli volò incontro con le guance arrossate e i magnifici occhi sgranati di gioia.

"Come sono azzurri" pensò Giovanni, improvvisamente felice di essere tornato a casa. Gli altri lo salutarono con brusche pacche sulla schiena e le poche ragazze con risolini di compiacimento, e un non so che di sospetto. Una leggera invidia era dipinta sui loro volti e, non appena se ne accorse, Giovanni ne fu soddisfatto.

"Sono l'eroe della situazione" si disse compiaciuto, e, nel sentirsi puntato addosso lo sguardo di Lucilla, capì che durante la sua assenza né Paolo, con la sua casa con piscina, né Tommaso, con la sua bellezza angelica, avevano avuto successo con lei.

Marco gli diede un finto pugno.

– Ehi, come è andato il viaggio?

– Ehm, bene – rispose Giovanni, imbarazzato al pensiero della prossima domanda.

– E la mia maglia? L'hai presa, vero?

– Certo. – Mentì.

– E quando me la dai?

– Non posso dartela. Me l'hanno rubata.

– Com'è successo?

– Avevo appoggiato il sacchetto con la maglia e le sigarette in un negozio, mentre guardavo alcuni oggetti con mia zia, e quando mi sono voltato era sparito.

– E non potevi ricomprarla?

– Purtroppo avevamo già speso tutto per i tappeti. Sarà per un'altra volta, amici miei. – Mentì ancora Giovanni, che si scoprì più abile di quanto avesse mai pensato. Non era bello raccontare bugie ai suoi amici, ma gli riusciva così bene che in futuro lo avrebbe usato come sistema per togliersi da spiacevoli situazioni

– Va bene, per questa volta – ribatté Marco.

– Ci ritorni, a scuola? – domandò poi Paolo.

– Direi di sì.

– Avrai una bella sorpresa.

– Cioè?

– Ci hanno consegnato i compiti di scienze e italiano.

– Ach! – sorrise Giovanni.

– Ma tu non sai! – si inserì Lucilla. – Credo che il tuo voto peggiore sia stato otto.

– Stai scherzando?

Marco tirò fuori la lingua.

– La Langone ha persino letto il tuo tema sull'amicizia, a tutta la classe..., una cosa vomitevole.

– E soprattutto poco serio, se guardiamo come tratti gli amici! – aggiunse sarcastico Paolo.

– Non è vero! – disse Lucilla. – Era stupendo.

– Dov'è che sei stato? – gli domandò Tommaso, gonfiando i pettorali. – Egitto?

– In Turchia.

– Stessa roba – rise lui.

– Racconta un po'... – gli domandò Paolo, scuotendo il suo perfetto caschetto di capelli lisci. – Magari quest'estate ci vado.

Giovanni cominciò a raccontare, e dipinse la Turchia con colori ancora più accesi di quanti ne avesse in realtà. I Bazar divennero labirinti, gli alberghi antri misteriosi, gli osti predoni, il commercio di tappeti un contrabbando fosco di pericoli, i minareti torri medievali, tutto condito da suoni e profumi sconosciuti. Le parole turche gli uscivano come da un perfetto musulmano, e il racconto divenne magnetico, zittendo a poco a poco tutti i risolini.

Quando terminò si era ormai fatta sera. Giovanni si sentiva il leader del gruppo, e possedeva una calma decisa che portava gli altri a rispettarlo, o a temerlo. Salutò tutti, spiegò che doveva raggiungere gli zii e, poiché era di strada, accompagnò Lucilla a casa. Lei gli stampò sulla guancia un fuggevole, dolce bacio di saluto e di... promessa.

Camminò come se il mondo fosse ai suoi piedi e come se gli altri, sconosciuti e amici, non fossero altro che marionette, di cui lui stringeva saldamente in mano ogni filo.

– Non m'importa. Scendi dall'aereo. Prenderai il prossimo. Walter, devi tornare immediatamente qui – la voce di Raphael avrebbe potuto tagliare un cristallo da quanto era fredda e perentoria.

– Sì... c'è un problema..., un grosso problema! Ma non è colpa tua. Mohammed avrebbe dovuto controllare. Lui sapeva quello che io volevo..., mi sono fidato.

Non c'era la moneta.

La sua preziosa moneta. L'unica, ultima, rarissima moneta che avrebbe cambiato la sua vita. Raphael non era mai stato capace di piangere, altrimenti, forse, l'avrebbe fatto. Aveva pensato alla fatica, agli inganni, al denaro che aveva sperperato per raggiungere quella moneta e all'immensità di tempo che gli aveva schiacciato le spalle come un demone. Era rimasto zitto, dopo che Celeste aveva bussato per domandargli che cosa fosse successo, dopo che era tornato il silenzio, dopo che aveva ricominciato a nevicare, e lui stordito, con la mente svuotata, era incapace di qualsiasi reazione. Fermo, seduto nel suo seggiolone, aveva continuato a guardare la mirabile raffinatezza della scatola che era soltanto un guscio vuoto.

Poi aveva reagito con la forza della disperazione, che è la grande risorsa delle persone sole. Si era districato dal suo torpore e la sua mente contorta aveva ricominciato a carezzare i sogni, a programmare una rivincita che poteva essere ancora a portata di mano.

E aveva preso il telefono.

21

I LADRI

Giovanni e i suoi genitori avevano trascorso una bella serata, e riassaporato un po' della passata complicità, quando, tornati alla loro casa in collina, le risate erano morte loro in gola.

– Non è possibile... – mormorò Ginevra, con la mano sulla bocca e gli occhi ancora lucidi per il divertimento. Rimase fuori, incapace di superare la porta spalancata.

Erano entrati i ladri.

Di Messico non si avvertiva nemmeno la presenza.

Giovanni e suo padre entrarono, guardinghi. Accesero le luci e camminarono osservando il disastro.

– Non sono ladri – mormorò l'uomo e disse alla moglie. – Tu aspetta qui.

C'erano cassetti aperti e rovistati a fondo, armadi spalancati, stoviglie sottosopra, le camere da letto passate al setaccio: comodini, cassettoni, armadi, tutto era stato gettato per terra. E ogni vestito sembrava essere stato esaminato accuratamente.

Trovarono Messico in cucina.

– Giovanni... – provò a fermarlo suo padre.

Ma il ragazzo si era chinato sul cane e, appoggiandogli una mano sul petto, aveva tirato un sospiro di sollievo.

– L'hanno solo addormentato.

– Vai a dire alla mamma che può entrare. Io chiamo i carabinieri.

Giovanni cominciò a sollevare da terra ciò che restava delle scatole di conserva.

– Credo che sia meglio non toccare nulla. Per gli accertamenti, sai...

– Le impronte – aggiunse Giovanni.

– Quelle sono cose da film.

Lui annuì. Uscì in giardino a rassicurare la mamma.

– Non hanno rubato niente – le disse.

– Sei sicuro?

– Sì – rispose Giovanni, ficcandosi una mano in tasca.

Il giorno dopo si presentò a scuola.

Era in giacca e cravatta, con i capelli pettinati e

l'aria vagamente strafottente. Lo aveva fatto solo per far piacere ai suoi genitori, per farli sorridere dopo quanto era accaduto durante la notte, con i carabinieri che ficcavano le mani nelle loro cose ancora meno accorte degli ipotetici ladri. Sapeva che sua mamma lo voleva vedere così. E a lui costava poco farla contenta. Inoltre, si era accorto che c'erano molte paia di occhi che lo seguivano, mentre saliva le scale salutando questo o quello.

In classe i professori lo accolsero con una simpatia quasi odiosa, gli consegnarono ottimi compiti in classe e gli comunicarono che ne avrebbe dovuto recuperare qualcun altro. Gli organizzarono un calendario con tutte le interrogazioni ancora da affrontare, e infine, inevitabilmente, gli domandarono di raccontare alla classe il suo viaggio per condividere le esperienze.

Gli dissero proprio così e Giovanni, gentilmente, e senza imbarazzi, accondiscese.

Michele era sceso dalla collina e aveva cercato la prima cabina telefonica. La luce bianca e fredda lo illuminava in modo impietoso, attirando, da fuori, nugoli di moscerini.

– In casa non c'è niente. Ho guardato dappertutto – disse al telefono. Poi aggiunse: – Qualche notizia dalla Francia? Come? Raphael ha ricevuto la visita di un tizio con una scimmia? Walter! Il suo scagnozzo. La nostra spia dice che dopo che se n'è andato, Raphael ha avuto un forte scatto d'ira? Allora non è riuscito a recuperare la scatola! Dove sarà, se qui non c'è. Lo so: ce l'ha il ragazzino.

Procedo con il nostro piano. Porta il mio saluto al Maestro e rassicuralo. Abbi cura di te.

22

Lucilla

I giorni trascorsero relativamente tranquilli, anche se la casa aveva un qualcosa di inquietante: era come se, dopo essere stata violata dai ladri, avesse perduto parte della sua capacità di dare sicurezza. A poco era servito che la mamma di Giovanni si fosse data da fare per riorganizzare tutto esattamente come era prima. E che Messico fosse tornato ad aggirarsi per le stanze scodinzolando. Dormivano lasciando accese le luci al piano di sotto e, sfogliando alcuni depliant, stavano prendendo in seria considerazione la possibilità di acquistare un impianto antifurto.

Il tempo era molto migliorato: il freddo aveva lasciato spazio a una primavera garbata, fatta di vento tiepido e profumo di terra pronta a svegliarsi.

Con il procedere delle giornate, la scuola continuò a regalare a Giovanni inattese soddisfazioni e l'ammirato consenso di parecchie compagne. A favorire il tutto era stato il goal decisivo che aveva segnato nella partita di calcio tra la sezione A e la sezione B. Un formidabile tiro da fuori area che aveva spezzato la catena di sconfitte consecutive che durava da otto anni. La partita richiamava l'attenzione di tutti gli studenti, che cominciavano a sostenere la loro squadra con urla sguaiate e applausi di incoraggiamento che non mancavano di coinvolgere, con un certo, contenuto interesse, anche i professori meno rigidi.

Al termine della partita, Giovanni era stato acclamato dalla sua tifoseria e, subito dopo, con tutti gli altri maschi delle due squadre, improvvisamente alleati e non più nemici, corse ad assaltare la gelateria.

Anche le ragazze che avevano seguito il match parteciparono a quella sorta di rito. Lucilla prese un'enorme coppa di creme varie che confrontò, ridendo, con il cono alla frutta di Giovanni. Quella complicità spinse Giovanni a rischiare il tutto per tutto. La prese a parte e le domandò:

– Perché non vieni a studiare da me?

– Oggi?

– Oggi.

– E come ci arrivo fin lassù?

– Ti fai accompagnare. E poi ti riaccompagnano giù i miei. Devono andare a cena fuori.

– E tu?

– Io resto a casa. Per via del furto, è meglio che ci sia sempre qualcuno. Ma se ti va, puoi fermarti a mangiare con me: polpette e frittata di zucchine. Poi ti riportano giù loro appena rientrano.

Intorno ai due ragazzi sciamavano voci e grida, ricordi dei goal e pacche sulle spalle. Giovanni sorrideva e Lucilla abbassava gli occhi intimidita, con qualche sbaffo di cioccolato a truccarle il fresco viso.

– Anche i miei devono uscire, stasera – disse. – Forse non vale la pena di mangiare da soli tutti e due.

– È un sì?

– È un sì.

Poi gli voltò le spalle e s'allontanò con la sua adorabile andatura. Strano: Giovanni non l'aveva mai notata fino ad allora.

Quel pomeriggio Lucilla entrò in casa di Giovanni: ammirò la splendida vista sulla città e sulle colline del giardino, lodò i mobili di antiquariato e i ninnoli della mamma che ne fu felice, passò il dito sui vecchi libri della biblioteca leggendo i titoli qua e là, studiò storia e matematica con Giovanni e bevve una tazza di te. Il gelato li aveva saziati entrambi.

Poi, quando venne sera, la mamma di Giovanni spiegò loro come provvedere alla cena:

– Noi scendiamo da Giuliana.

– Ok.

– Scaldate la frittata nel forno a microonde e le polpette. L'insalata è da condire..., ci pensi tu Giovanni?... Il pane è meglio passarlo prima nel forno caldo. Mi raccomando, ragazzi..., torniamo presto.

Passò a salutarli anche il papà. Aveva la solita espressione seria e preoccupata, forse per via del lavoro. La mamma si coprì con uno sciallone e starnutì. Si sentiva due linee di febbre, ma aveva deciso di uscire comunque.

I due aspettarono che la macchina si allontanasse lungo il viale e poi rientrarono in cucina, dove Messico li osservò incuriosito.

– I tuoi sono molto simpatici.

– Dici?

– Tuo padre, non so. Ma tua madre mi è sembrata molto spigliata.

– È noiosa.

– Perché?

– Vorrebbe che tutto fosse sempre perfetto. E non le riesce.

Lucilla cercò di orizzontarsi nella cucina traboccante di armadi e armadietti.

– E noi riusciremo a prepararci la cena?

Scaldarono le pietanze nel microonde e misero il pane in forno, facendolo uscire croccante e profumato. Si sedettero a tavola ridacchiando e trovarono quella cena a due decisamente divertente. Messico li sorvegliava dall'altra stanza, per nulla tranquillo.

– Devo dirti una cosa... – confessò, a un certo punto. – Ti trovo diverso.

– Diverso, come?

– Rispetto a quando sei partito.

– È un complimento o un'offesa?

– Entrambi, direi. Sembri più sicuro di te. A volte troppo... – concluse.

La sua voce si interruppe: era andata via la luce.

– Accidenti... – mormorò Giovanni.

– Che cosa è successo?

– Direi che è saltato il contatore della luce. Aspetta un attimo.

– Giovanni? – domandò Lucilla nell'oscurità, sentendo che lui si allontanava.

Da qualche stanza lontana, Messico cominciò ad abbaiare.

– Esattamente quello che serviva... – borbottò Giovanni, muovendosi a tentoni nella cucina. – Molto romantico, non credi?

Lucilla lo sentì armeggiare con le mandate della porta d'ingresso.

– Che cosa stai facendo?

– Vado a controllare il contatore – spiegò lui. – È fuori, vicino alla dispensa.

In casa, Messico continuava ad abbaiare.

– Forse non è il caso di uscire... – azzardò Lucilla. – Può darsi che la luce torni.

– Faccio in un istante. – Giovanni spalancò il portoncino d'ingresso e uscì di casa. Percorse il marciapiede fino alla porta della dispensa e, al buio, cercò l'anta a muro che nascondeva i contatori. La trovò aperta.

In quel momento, sentì il grido di Lucilla da dentro casa.

– Giovanni! C'è un uomo! Giovanni!

Senza pensare a niente altro, con la schiena raggrinzita dal terrore, tornò in cucina. Sentì Lucilla gridare dalla sala da pranzo e vide, con terrore, l'ombra di una figura gigantesca muoversi nel vano della porta.

– Fermo! – gridò.

L'ombra si voltò verso di lui, e lo caricò. Un furore senza limite, buio come la notte, gli calò nell'anima: Giovanni si piegò leggermente sulle gambe per affrontarlo, anche se non aveva la minima idea di cosa fare e in che modo. Il suo unico pensiero era allontanarlo da Lucilla. Provò a sferrargli un calcio, ma il movimento rimase come incompiuto. Si sentì afferrare il piede, e poi volò in aria senza capire nemmeno come. Cadde pesantemente a terra, con l'ombra che gli era ormai addosso.

– Lucilla! – chiamò. Ma l'uomo lo imbavagliò con una specie di sciarpa che aveva un sapore disgustoso.

– Adesso farai quello che ti dico, altrimenti saranno guai per te! – gli intimò.

Vide il corpo della sua amica a terra. Sembrava profondamente addormentata.

L'uomo legò Giovanni a una sedia e gli disse: – Ora ti slego una mano, ma non devi cercare di scappare.

Il ragazzino annuì e l'uomo mantenne la parola e si procurò carta e penna.

– Scrivi: "Cari mamma e papà, la mia amica non stava bene e i suoi sono venuti a prenderla. Vado a dormire. Notte". – gli dettò.

Giovanni obbedì. Quindi lo sconosciuto mise il biglietto in bella vista sul tavolino dell'ingresso, portò Lucilla nella stanza di Giovanni e la mise nel letto, coperta fin sopra la testa. Poi chiuse la porta e scese al piano di sotto. Incappucciò il ragazzino, gli assicurò le mani dietro la schiena e lo portò fuori di casa, sul retro, dove lo caricò su un'auto e si allontanò nella notte.

Giovanni precipitò in un vortice buio, in cui l'unico suono che sentiva, sempre più distante, erano i latrati di Messico. Non capiva dove fosse finito il cane. Forse quel delinquente l'aveva legato, per non ucciderlo. Non riusciva a pensare. Sentiva la testa pesante e cadde in un sonno profondo.

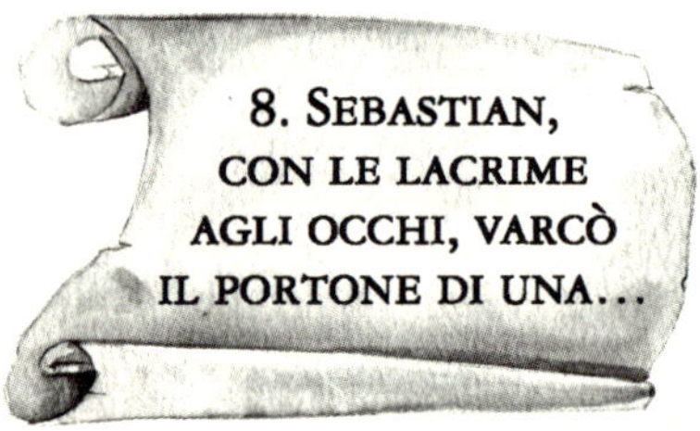

23

Il rapimento

Sentiva le palpebre calate sugli occhi come maglie di metallo. Strani suoni dolorosi gli penetravano il cervello come stilettate: erano parole... parole che arrivavano da molto lontano.

– Svegliati, svegliati. Non c'è tempo. Forza: apri gli occhi!

Quando riuscì ad aprirli, vide confusamente il volto di un uomo, chinato su di lui. Era sdraiato sulla ghiaia, per terra, accanto a un'automobile di cui riusciva a vedere solo i pneumatici. Tentò di muoversi, e scoprì che anche quello gli costava fatica.

– Cosa è successo? – provò a bofonchiare, con la voce impastata e ingarbugliata. Aveva la testa confusa e indolenzita.

– È successo che dobbiamo andarcene al più presto. Non possiamo stare qui... non è sicuro.

Luce che feriva gli occhi, i fari di automobile accesi. Di colpo Giovanni si ricordò della serata con Lucilla. Quella preoccupazione gli diede la forza di sollevarsi a sedere per cercare di mettere a fuoco la persona che gli stava davanti.

Era un uomo massiccio, con una corta barba bianca.

– E tu chi sei? Sean Connery?

L'uomo rise di gusto e si allontanò da lui, cercando qualcosa sulla macchina. – Nessuno me lo aveva mai detto prima.

Gli lanciò un giaccone pesante.

– Infilatelo, dobbiamo andare.

– Andare dove? – domandò lui, troppo stordito per aggiungere altro.

– Te lo dirò per strada.

– E se non volessi venire?

– Ti porterò con la forza.

Giovanni cercò di obbedire alzandosi sulle gambe traballanti.

– Che cosa era quella roba?

– Quella che ho sulla sciarpa? Serve a far dormire bene.

– Bleah... Ha un sapore terribile.

Una volta in piedi, sbattendo le palpebre, Giovanni s'arrestò impietrito. – Ma qui... siamo in un bosco!

– Esattamente – rispose l'uomo.

– Ma dove siamo? – chiese Giovanni.

Cercò di guardarsi intorno, ma erano solo ombre scure sotto il cielo stellato. Sentiva l'umido penetrargli nelle ossa.

Due forti mani lo afferrarono per le spalle e lo scaraventarono in macchina:

– Ora dobbiamo andare!

– Ma dove? E perché?

L'uomo si mise dietro al volante e accese il motore. I fari ora illuminavano un piccolo rifugio tra gli alberi.

– C'è una casa là... – biascicò Giovanni, abbandonandosi, stanchissimo, contro la portiera.

– Sì. È un nascondiglio perfetto. Nessuno potrebbe ritrovarti se ti chiudessi là dentro. Perciò comportati bene!

– Sei stato tu... – mormorò ancora il ragazzino. – A entrare in casa nostra l'altra sera, vero? – gli domandò Giovanni cercando di collegare i due eventi.

Nessuna risposta.

L'auto cominciò a sobbalzare sulla strada di ghiaia, allontanandosi.

– Cosa hai fatto a... Lucilla?

– Dorme nella tua camera. I tuoi se ne accorgeranno domani mattina. Ho lasciato il "tuo" messaggio in bella vista.

– Ti scopriranno... – biascicò Giovanni.

– Perché mai?

– Io non auguro mai... la buonanotte.

Michele sorrise e, togliendosi il passamontagna, pensò che in fondo quel moccioso era piuttosto in gamba.

L'auto uscì dalla stradina sterrata per immettersi nella più grande statale asfaltata. Scesero dalle colline, tuffandosi nella nebbia leggera che addormentava i colori.

Nel cuore della notte il trillo del telefono svegliò tutta la casa.

– Claudio! Claudio! – la voce di Giuliana risuonava impazzita come la sirena dell'acqua alta a Venezia.

– Arrivo, arrivo...

– La madre di Lucilla... è sparita! Non è tornata a casa. E Giovanni? – cercò di spiegare in un vortice di parole.

– Calmati. Non si capisce nulla. Chi è sparito?

– Lucilla! – disse e si diresse a tutta velocità verso la camera di Giovanni.

Provò a svegliarlo, e gridò. Uscì dalla camera di corsa e quasi investì il marito che stava entrando. – C'è Lucilla nel letto di Giovanni! – disse, concitata, e poi aggiunse, prima di essere fraintesa: – Al posto di Giovanni! Lui non c'è!

– E lui dov'è? – domandò lui, sorseggiando il caffè.

Tornarono a precipizio al piano di sopra e perlustrarono tutte le altre camere, per controllare se, per caso, il loro figlio si fosse adattato a dormire col sacco a pelo in qualche altra stanza per chissà quale strana ragione. Ma non c'era.

Esaminarono a fondo anche il piano terra, poi si guardarono reciprocamente negli occhi, preoccupati e perplessi:

– Ma cosa diavolo sta succedendo?

– Svegliala.

– Non si sveglia.

– Come sarebbe a dire che non si sveglia?

– Vuoi provare tu?

Era vero. Anche scuotendola, tutt'al più la ragazzina emetteva flebili lamenti di fastidio.

– È come se l'avessero addormentata – osservò il padre. Poi uscì a razzo dalla camera. – Prima i ladri che non rubano niente, poi nostro figlio che scompare, e ci troviamo la ragazzina addormentata... Qui sta succedendo davvero qualcosa di poco chiaro.

Vide che la moglie aveva già preso in mano la cornetta del telefono, e le domandò:

– Che cosa fai?

– Chiamo i genitori di Lucilla e la polizia!

– Aspetta! – la fermò. – Aspetta!

– Che cosa devo aspettare?

Suo marito provò a ragionare, anche se non era per niente facile.

– Chiamiamo per prima cosa la famiglia della ragazzina.

– Giusto.

– Dì loro di venire su. E proviamo a parlare. Cerchiamo di capire cosa diavolo potrebbe essere successo. Forse... forse i ragazzi stanno frequentando qualche brutta compagnia.

– Oddio, no!

– È solo un'ipotesi – si affrettò a tranquillizzarla il marito. – Ma è meglio cercare di non divulgare la notizia.

Ginevra tirò un respiro profondo, sfogliò l'elenco telefonico e, sperando di aver azzeccato il numero giusto, prese la cornetta in mano:

– Sono la mamma di Giovanni. Abbiamo trovato Lucilla.

24

La confraternita

Sotto i tronchi severi, e spogli, dei pioppi, in un boschetto che costeggiava il lento procedere del fiume, era parcheggiata una vecchia auto francese di un colore indefinibile. L'uomo che l'aveva rapito ci si accostò, spense il motore e fece un rapido cambio di vettura, trasferendo tutto il suo bagaglio su quella nuova. Giovanni, riaddormentatosi sul sedile posteriore, sentì aprire e chiudere le portiere, e si accorse che l'uomo indossava un paio di guanti scuri, ma non portava più il passamontagna. La cosa lo preoccupò parecchio.

La portiera dal suo lato venne spalancata.

– Niente scherzi. E niente urla – gli intimò l'uomo, facendogli cenno di salire sulla nuova vettura.

Giovanni decise di dargli retta. Si accomodò senza protestare sul sedile anteriore e si strinse la cintura. Non osava ancora guardarlo in faccia. Quando l'uomo accese il motore e ingranò la marcia gli domandò:

– Si può sapere che cosa vuoi?

– Sicuro di non saperlo?

Giovanni si morse il labbro e per la prima volta si volse verso di lui. Lo fissò dritto negli occhi e scoprì con sua grande sorpresa che non gli incutevano timore, ma un profondo rispetto. Il suo viso era incorniciato da una barba come i capelli bianchi, corti e ben pettinati. Non avrebbe saputo dargli un'età, ma sapeva che non era cattivo.

– Forse lo so.

– Bene.

– Allora non potremmo smetterla? Ti do quel che cerchi e io me ne torno a casa senza perdere altro tempo?

– Non è così semplice, ormai.

– Ah no? – Giovanni cominciò a frugarsi in tasca. – Invece credo proprio che lo sia. Sei un amico dei turchi? Ok! Mi dispiace! Ho tenuto io la moneta. Ho imparato la lezione.

L'uomo sorrise con lo sguardo fisso sulla strada, che costeggiava interminabili filari di pioppi, affondati nella nebbia. – Non credo. Sai che cosa hai fatto. Ma è tutto il resto che non sai.

Raggiunsero un bivio. Un cartello scrostato indicava che, in entrambe le direzioni, si sarebbe raggiunta Torino. L'uomo si orizzontò per qualche istante, poi voltò sulla destra.

– Niente autostrade. Ti fotografano.

– Dove mi sta portando?

– Dove ti devo portare.

Giovanni si infilò spazientito la mano in tasca e tirò fuori il suo portafortuna, l'antica moneta così consunta che non si poteva capire che cosa ci fosse rappresentato sopra.

– È questa che vuoi?

– Rimettila in tasca, ragazzo... Sì è quella che voglio, ma non nel modo che credi tu!

Giovanni si rimise la moneta nei pantaloni.

– E in che modo, allora?

– Non è una cosa che si possa spiegare in cinque minuti. E in mezzo alla campagna. Quello che ti posso dire è che, adesso, non sarà semplice.

– Ma cosa?

– Uscire dal pasticcio in cui ti sei andato a cacciare.

Giovanni sbuffò.

– Sapevo che avrei dovuto rimetterla al suo posto, quando quei tizi sono venuti a ricomprare la scatola.

– Quali tizi? – si informò Michele.

– Tizi strani. Uno addirittura girava con una scimmietta sulla spalla – spiegò Giovanni.

Michele sorrise tra sé e sé e pensò “Walter!”.

– E allora perché non l’hai restituita? – gli chiese ancora.

– Mi ci ero affezionato. E poi... mi avete chiesto solo la scatola, non il suo contenuto.

L’uomo sogghignò:

– Non è del tutto colpa tua, in verità. Quella moneta fa in modo di restare tra le mani di chi l’ha scelta.

– Ma cosa sta dicendo?

– La verità. Non è una moneta normale.

Giovanni sbuffò:

– Ah no?

– No. Non ti sei accorto di niente di strano, da quando l’hai trovata?

– No – mentì Giovanni.

– Buon per te, allora.

L’automobile ora correva lungo una strada serpeggiante, che puntava verso alcune colline riquadrate da filari di viti. Per quanto si sforzasse di capire dove si trovava, non aveva ancora trovato nessun punto di riferimento utile.

– Dove siamo?

– Quasi a Torino.

– E perché stiamo andando a Torino?

– Non stiamo andando a Torino.

– E dove stiamo andando, allora?

– Per questa notte, forse, abbiamo un rifugio; devono ancora confermarmelo. Poi si vedrà.

– Un altro rifugio! E a cosa ci serve?

– A non farci trovare.

– Chi è che ci sta cercando? E chi sei tu?

– Forse è arrivato il momento delle presentazioni: io sono Michele. E quelli che ci stanno cercando sono quelli a cui hai rubato la moneta.

– Non sei uno di loro.

– Direi proprio di no. Quando non faccio questo genere di cose, vivo tranquillo al mare.

– Sei uno di quelli che rapiscono le persone?

– No! – Michele controllò un altra serie di cartelli, poi prese in direzione di Pinerolo. L'auto cominciò a costeggiare le mura di una grande tenuta di caccia. – Adesso stammi a sentire bene. Io sono al servizio, perché lo voglio io, sia ben chiaro, di una confraternita religiosa mistico-cavalleresca...

– Una, cosa?

Michele rise:

– È un gruppo segreto di persone che si sono legate per un unico scopo. Si tratta di persone in genere inavvicinabili, che studiano antichi documenti medievali che solo loro possono consultare. Documenti che, per la maggior parte della gente, come me e come te, non significano nulla. Documenti intraducibili, o estremamente pericolosi. Anticamente, c'erano molte confraternite, spesso con due scopi contrapposti: alcune erano ascetiche e mistiche, ovvero si occupavano esclusivamente di studiare, pregare e cercare Dio.

Giovanni annuì.

– Le altre erano cavalleresche, ovvero potevano agire nel nome di Dio: prendere le armi, combattere, proteggere le strade, uccidere gli infedeli. Hai mai sentito parlare dei Templari?

– Certo. Ho anche letto dei libri. Ce n'è uno fantastico, che...

Michele agitò la mano.

– Lascia perdere i libri. Quello di cui ti sto parlando non è scritto da nessuna parte. Le confraternite avevano, ognuna, un loro scopo ben preciso, un sistema di valori a cui prestavano giuramento, simboli e rituali. Ma, con il passare del tempo, molte di esse si persero, così come andarono perduti i loro segreti e i loro valori. Così accadde per una confraternita francese che un tempo era molto importante, e che si chiamava "Fraternité des Chevaliers du Divin Paraclet".

– Come?

– La confraternita dei Cavalieri del Divino Paracleto.

– E cosa è il Paracleto?

– Sono cose molto complesse, provo a spiegartele. I fratelli del Paracleto erano cavalieri, militanti, la cui sapienza e la cui missione venne assorbita da una confraternita di studiosi, chiamata "Etoile Internelle". La stella interna. Mi segui fin qui? Cavalieri e studiosi si sono uniti, fondendo così i loro scopi.

Giovanni accennò di sì con la testa.

– Questo accadde il secolo scorso, in Francia, ai tempi di un grande studioso, chiamato Luis Charbonneau-Lassay. Era un uomo di nobili origini, l'ultimo discendente di una famiglia che affondava le sue origini nel 1087, viveva in una cittadina del Poitou chiamata Loudun. Una cittadina che diventò famosa per una storia raccapricciante: i diavoli di Loudun.

– Quindi era malvagio? – domandò Giovanni.

– No. Al contrario. Lui è stato l'ultimo depositario di una vasta e per certi versi incredibile cultura, che affondava le sue radici nel mondo antico. Quel mondo in cui si manifestò la religione cristiana.

– Ma perché mi stai raccontando tutte queste cose?

– Per cercare di spiegarti che cosa hai in tasca.

Mentre l'auto correva tra le colline, Michele continuò a raccontare.

– Charbonneau-Lassay trascorse la sua vita a studiare. Entrò da giovanissimo nella congregazione dei Fratelli di San Gabriele presso la casa madre di Saint-Laurent-sur-Sèvre, prendendo il nome di frère René e cominciò a interessarsi di archeologia, di numismatica, d'araldica, di sigillografia e di folclore, scrivendo centinaia di articoli. Nel 1903, il governo francese soppresse le confraternite religiose e, così, anche i Fratelli di San Gabriele. Charbonneau-Lassay continuò a studiare, appassionandosi sempre più, tutti i simboli cristiani, che cercava in ogni angolo della Francia. E scoprì così l'esistenza di simboli oscuri, e misteriosi, che nessuno sapeva più interpretare. Individuò un livello religioso... nascosto, di persone che si tramandavano informazioni, e verità, senza scriverle in modo chiaro, ma nascondendole attraverso l'uso dei simboli. Dei disegni. Delle sculture. Degli edifici che costruivano. Charbonneau-Lassay scoprì l'esistenza di questo livello sotterraneo quando andò a visitare il castello di Chinon, in Francia, dove si trovano graffiti dei cavalieri templari assolutamente enigmatici. Per tutti, ma non per lui. Lo studioso, attraverso quei graffiti incomprensibili, giunse alla convinzione che questi segni appartenessero a un preciso linguaggio. Erano una via di accesso, l'unico, a una storia molto antica.

Giovanni respirò a fondo, accorgendosi di aver trattenuto il fiato.

– Alla sua morte, i suoi scritti vennero in parte pubblicati e, in parte, la parte più segreta venne trasmessa alla confraternita di cui ti parlavo prima. L'Etoile Internelle, che era formata da dodici persone, più qualche simpatizzante esterno...

– Come te – intuì Giovanni.

– Esattamente. E ora siamo alla fine della storia. Perché, tra i documenti riscoperti da Charbonneau-Lassay, il più sconvolgente di tutti riguarda una certa, antica, moneta.

Un fiotto caldo fece avvampare Giovanni; stava parlando della sua moneta.

– Un oggetto che racchiude in sé una sconvolgente carica simbolica. Un oggetto mistico. E malefico.

– Malefico! E perché?

L'auto superò il cartello di Airasca, un paesino di poche case, e si accostò in quella che poteva essere la piazza principale. Michele indicò a Giovanni una cabina telefonica e gli disse:

– Andiamo a telefonare ai tuoi. Cerca di tranquillizzarli e dì loro che stai bene.

Giovanni annuì.

– Niente scherzi?

– Niente scherzi – confermò il ragazzino.

Michele, senza dare troppo nell'occhio, seguì Giovanni fin dentro alla cabina. Scribacchiò qualcosa su un pezzo di carta e lo porse al ragazzo. Poi infilò una scheda telefonica e compose il numero.

– Tieni.

Affidò il microfono a Giovanni e posò un dito sull'apparecchio, pronto a interrompere la comunicazione.

Giovanni sentì il cuore battergli sempre più velocemente a ogni nuovo squillo e infine, quando rispose sua madre, rimase quasi senza fiato.

– Mamma? Sì, sono io: sto bene, non preoccuparti. Ti spiegherò tutto al mio rientro. Presto. Prestissimo...

Michele annuì e gli indicò il foglio.

– Ti chiedo solo un piacere: non chiamare nessuno. Fidati di me. No. Non ho combinato niente. E non sono nei guai. Quando...

Michele interruppe la comunicazione.

– Andiamo.

Nell'attraversare la piazza, furono assaliti dal profumo di pane caldo proveniente da un forno all'angolo di un porticato. Senza dirsi una parola, bussarono alla saracinesca mezza abbassata e chiesero di poter comprare un paio di panini e una lista di focaccia.

Quando ripartirono, Giovanni si sentiva molto più tranquillo, e osò riprendere la conversazione. Aveva la bocca imperlata di briciole unte.

– I miei genitori sono in pericolo?

– Se tu non sei in casa, direi di no. E anche per questo motivo ti ho portato via. Ora il pericolo è tutto mio.

– Per via di quelli che ci stanno seguendo?

– Non solo.

Indicò la tasca di Giovanni.

– È quella moneta a essere pericolosa.

– Perché?

– Immagino che tu conosca la storia di Gesù.

Giovanni annuì.

– Quindi sai che uno dei suoi apostoli lo tradì, facendo in modo che potesse essere arrestato.

– Sì. Giuda.

– Per il tradimento, Giuda venne pagato dal Sinedrio di Gerusalemme con trenta monete.

A Giovanni si rizzarono i peli sulla nuca.

– Intendi dire che...

Michele annuì. – Hai in tasca l'ultima delle monete di Giuda.

L'auto procedette la sua marcia verso i laghi, passando da Orbassano, Bruino e Trana.

"Non sono mai stato da queste parti", pensò Giovanni, che leggeva i nomi dei luoghi sui cartelli stradali illuminati dai lampioni.

– La moneta di Giuda era nascosta in una Meteora... – ricominciò a raccontare Michele, con voce grave. – In una regione della Turchia chiamata Cappadocia. Lì si trovano alcuni conventi medievali, costruiti sulla cima di rupi inaccessibili: colonne di roccia alte anche ottanta metri, che ospitano piccole abitazioni di pietra, o grotte separate dal resto del mondo. Lì si ritirarono in preghiera molti mistici, o si formarono comunità di monaci che vivevano sospesi nel vuoto, senza alcuna possibilità di tornare a terra. I monaci comunicavano col mondo con ascensori di corda tirati su e giù a forza di braccia e per bere raccoglievano l'acqua piovana in grandi bacili di legno. Pochi avevano scale che permettevano di salire e scendere, o le avevano distanziate, nel vuoto, per scoraggiare chiunque dal tentare la scalata. In uno di questi monasteri, forse il più inaccessibile di tutti, era stata dimenticata la moneta che tu hai in tasca. Dimenticata, o nascosta, non si può sapere. Era schiacciata al di sotto di una grande pietra, in una cella, in compagnia dello scheletro del suo ultimo possessore, che aveva chiesto di essere lasciato lì. E dimenticato per sempre. Fino a qualche mese fa, quando... è stata portata a Istanbul.

– Da chi?

– Da un membro della confraternita dell'Etoile Internelle. Il migliore e più intelligente di tutti, dice un mio amico. Colui che avrebbe dovuto sostituire il Gran Maestro della confraternita, e custodire il segreto per la generazione futura.

– Era forse quell'uomo alto e magro che è venuto a comprarla quando ero a Kars?

– No! Lui era un semplice commerciante. Non so se sia stato direttamente lui ad arrampicarsi nel monastero e recuperarla, o se ci siano stati dei passaggi... e in che modo sia arrivata nella bottega in cui tu l'hai acquistata. Ma di una cosa puoi essere sicuro: chi l'ha ritrovata, e l'ha venduta, non può più raccontarlo.

– Intendi dire che è morto?

Michele annuì, gravemente.

– E l'uomo con la scimmietta? – domandò.

– Si chiama Walter. Lavora per il traditore che è sulle tracce della moneta. E, a quest'ora, stai sicuro che sarà già sulle nostre tracce.

Giovanni si accigliò. – Un vero disastro.

– Non ho finito. La moneta protegge chi la possiede e cerca di sviare coloro che desiderano impossessarsene. Li spinge a prendere decisioni non troppo sagge.

– Per questo motivo non hanno controllato nella scatola, quando l'hanno ricomprata?

– Forse non erano neanche loro a conoscenza del suo contenuto e, comunque, la moneta ti ha difeso. Dal momento in cui l'hai toccata, sei diventato tu... il suo padrone.

Una sorta di inquietante riconoscenza sgorgò dal cuore di Giovanni, che lottò contro il desiderio di infilare la mano in tasca. Michele sembrò notare il suo gesto e disse:

– Non innamorarti della moneta, dammi retta, non darle tanta importanza. La tua unica fortuna è che sei un ragazzino.

– Cosa hanno i ragazzini che non va?

– Se sei fortunato, non hai ancora sufficienti ambizioni. La moneta si nutre di ciò che tu vuoi.

– Senti, ora credo proprio che tu stia esagerando. Prendi la moneta, gira l'auto e riportami a casa...

Giovanni si levò il portafortuna dalla tasca e lo sventolò sotto il naso di Michele.

– Lo stai toccando, vedi? – mormorò lui. – Non hai resistito a maneggiarlo.

Giovanni la rimise rapidamente in tasca.

– Ma cosa devo farci, allora?

– Dimenticarla. Io non voglio e non posso prendere la moneta.

– Non c'è problema, allora. Perché non intendo dartela.

– Lascia che ti spieghi. Quello che hai in tasca è uno strumento del male: è un simbolo del potere del diavolo. Dell'angelo traditore. La moneta si nutre delle tue ambizioni, di ciò che vuoi raggiungere... qui... sulla Terra..., e per fartele raggiungere, si serve del bene di quanti ti circondano. Portano fortuna al proprietario e sfortuna a chi lo circonda, o lo aiuta, o la ama. Lo lasciano solo, vittorioso, e disperato. Quando si rende conto di cosa ha fatto a Gesù, Giuda scaglia le sue trenta monete per cercare di allontanarle da sé, e poi si impicca.

– Accidenti.

– Per questo ti ho domandato se avevi notato qualcosa di strano. Colpi di fortuna o... successi inaspettati...

Giovanni non vedeva più la strada, ma riviveva i suoi ultimi giorni, da quando quella maledetta moneta era scivolata nelle sue tasche. Era vero! Era incredibilmente vero!

– Riconoscevo i tappeti migliori da comprare... – mormorò. – E contrattavo senza difficoltà...

– Giuda era il contabile degli apostoli. Non aveva segreti, per i numeri.

– Capivo il turco... – mormorò.

– Il potere della Pentecoste: conoscere tutte le lingue del mondo, come era prima della caduta della Torre di Babele, quando le lingue degli uomini si divisero.

– E stavo bene. Non soffrivo il mal di mare...

– Rabbonire la tempesta.

– Mentre mio zio aveva una tosse terribile... e Giuliana ha vomitato per tutto il tempo.

– E quando sei tornato a casa?

– Compiti in classe perfetti. E... Lucilla.

– Lucilla, cosa?

– Mi era sempre piaciuta, ma...

– Ma adesso anche tu piacevi a lei.

– È così. E mentre io ho cominciato ad andare bene a scuola..., ho dimenticato i regali per i miei migliori amici.

I due rimasero zitti per alcuni, interminabili, secondi.

– E Messico non mi ha riconosciuto – disse Giovanni.

Abbassò di scatto il finestrino della macchina, ma, nel farlo, sentì dentro di sé una staffilata, come di una profonda infelicità.

– Che cosa vuoi fare?

– Buttarla! – esclamò Giovanni, mentre il vento gli scompigliava i capelli.

– Perché qualcun'altro faccia del male ai suoi cari?

Michele scosse il capo.

– Erano trenta monete, Giovanni. Di cui quella che hai in mano è l'ultima. Chi le ha possedute, prima di te, non le ha semplicemente gettate via. Si è fatto carico del loro potere. A volte ha deciso di sfruttarle. Altre volte di annullarle. Ma una cosa mi è stata detta dai miei maestri. Non si può buttare e non si può regalare, altrimenti dovrai scontare tutta la fortuna che ti ha portato fino a quel momento. Quando Giuda getta le monete... si uccide, impiccandosi a un albero.

– Potrei tenerla.

– Certo! E così facendo saresti destinato a una vita di grandi soddisfazioni, ma anche, progressivamente, alla solitudine. O all'idea che dalla sfortuna degli altri nasce la tua fortuna.

Giovanni si morse le labbra.

– Allora potrei eliminarla, distruggerla.

– Non si è sicuri che la cosa abbia effetto. Il Maestro dice che non la si può distruggere del tutto. La si può nascondere, come è stato fatto, ma c'è sempre la possibilità che qualcuno la trovi.

– Farla a pezzi.

– Anche i suoi pezzi continuano a operare. La confraternita pensa che dividerla sia la soluzione peggiore, perché ne moltiplica gli effetti.

– Ma se questa moneta è l'ultima, scusa... cosa è successo alla altre ventinove monete?

– Leggende. La tua, come ti ho detto, è stata portata in un monastero sospeso da un eremita che ha scelto di morire con lei. Altri hanno fatto la stessa cosa, isolandosi dal mondo e rinunciando a qualunque desiderio, o ambizione, per annullarne, lentamente, il potere. In tre casi, l'hanno inghiottita e si sono sepolti, serenamente, con lei. Ma non credo che questa possa essere una soluzione.

Giovanni scosse la testa, spaventato.

– Altri l'hanno gettata in un vulcano, o portata nelle profondità del mare. Ma tutti... hanno lasciato alla confraternita una speranza. E una via. La moneta non si sconfigge sul piano materiale. Ma su quello simbolico, spirituale... – Michele parlava con voce pacata, profonda, senza tensioni o nervosismi di nessun genere. – Si diventa veramente uomini quando si smette di pensare a se stessi per proiettarsi sugli altri, per accorgersi di coloro che ci stanno accanto, di quel che sognano, di quel che desiderano loro insieme a te. Succede allora che i nostri desideri non siano più così importanti, e che sacrificarli non costi nulla. La moneta insegna a distaccarsi dalle cose troppo concrete, ambizioni comprese. Ti dice che nessuna delle cose che puoi ottenere con lei... ti riempiranno mai il cuore. Chi possiede la moneta, Giovanni, rinuncia al cuore.

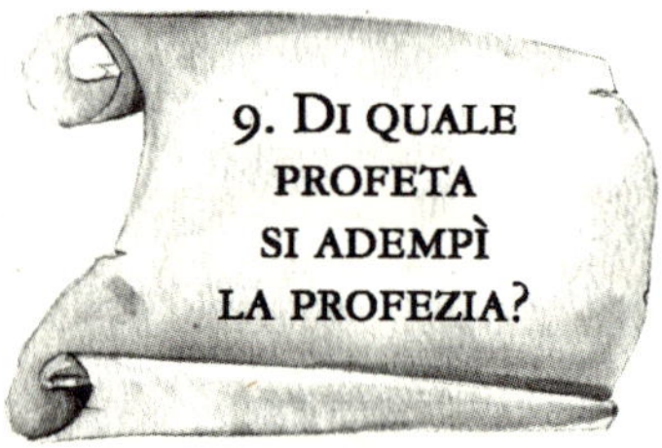

25

IL RIFUGIO

Simili a coni di carta rovesciati sull'orizzonte, ora si vedevano le prime montagne illuminate dalla luce bianca della luna. Chiudevano una vasta pianura coltivata, in cui si susseguivano piccoli paesi, regolari e monotoni, intervallati da orribili capannoni industriali. Giovanni guardava di sfuggita l'uomo al suo fianco, domandandosi se doveva fidarsi di quello che gli aveva raccontato o se, invece, ascoltare una voce in sordina che nel segreto della sua mente lo metteva in guardia, e gli suggeriva prudenza.

– Naturalmente... – riprese Michele. – Non tutti coloro che hanno posseduto la moneta ne hanno scoperto il potere. Molti l'hanno avuta per caso, e l'hanno perduta o regalata senza sapere a cosa stavano rinunciando. Ad esempio, Nerone...

– Chi? L'imperatore romano?

– Proprio lui. Credo che sia rimasto in vita solo grazie alla moneta, e ai suggerimenti del suo maestro Seneca. Sai chi era Seneca?

Giovanni maledisse tutte le partite a battaglia navale fatte durante le lezioni di storia e fece un cenno vago con il capo.

– Era uno stoico che predicava la necessità di dominare le passioni: non è male possedere ricchezze, diceva, ma è male farsi possedere da esse. Nerone lo fece uccidere, quando probabilmente il maestro gli consigliò di gettare la moneta. E dopo aver ottenuto, nella sua vita, tutto ciò che poteva desiderare... pagò. Si fece piantare un pugnale nella gola dal suo scrivano, perché non ebbe il coraggio di uccidersi da solo. E la sua effigie fu cancellata da ogni monumento di Roma, in segno di disprezzo.

Un brivido serpeggiò per la schiena di Giovanni, mentre Michele imboccava la strada che conduceva al paese di Avigliana e seguiva le indicazioni per il lago. Qui, accanto a un alberghetto costruito sulla riva, scese a fare una telefonata.

– Abbiamo un posto dove dormire. Abbiamo la conferma.

– Chi ci ha dato la conferma?

– Meno cose sai, meglio è... – sorrise Michele. – E, poi, non so ancora se posso fidarmi di te.

Rimise in moto e cominciò a inerpicarsi lungo la strada che saliva sul monte. Tra gli alberi del bosco, ogni tanto, si godevano squarci di vista sull'acqua lucente dei laghi, nei quali la luna si specchiava vanitosa.

– E poi?

– Poi cosa?

– Chi altri ha posseduto la moneta?

– Federico II.

– Lo conosco. È un altro imperatore.

– Scomunicato dal papa – aggiunse Michele. – E decisamente legato alla moneta... – Michele indicò gli euro abbandonati nel vano dell'automobile e disse a Giovanni di prendere quella da un centesimo.

– Voltala.

C'era il disegno di un castello.

– Quello è Castel del Monte, il più perfetto tra i castelli che ha fatto costruire. Un castello incomprensibile, forse legato alle stelle, o a qualche incantesimo alchemico. Non lo so. Ma so che Federico crebbe senza i genitori, nelle strade della Sicilia, con una banda di ragazzotti arabi, ebrei e siciliani. Ricevette la moneta da sua madre Costanza. E lui la sfruttò in pieno: parlava nove lingue e passò alla storia come lo "stupor mundi", la meraviglia del mondo. Coltissimo, ricchissimo creò la più folgorante corte della storia, circondandosi di filosofi, astrologi, matematici, navigatori...

– Non ci vedo nulla di male – osservò Giovanni. – Anzi!

– Eppure il papa lo chiamò l'Anticristo e Federico morì al culmine della sua gloria.

L'auto si arrampicò in una strada sempre più stretta, sbucando, poi, improvvisamente, dal bosco. Giovanni rimase senza fiato: senza nemmeno accorgersene, erano saliti di molto sulle pendici del monte ed erano arrivati al cospetto di un edificio spettacolare. Era come se la montagna continuasse a salire tramutandosi in un bastione sorretto da mirabili archi rampanti con torri che bucavano il cielo collegate tra loro da mura potenti e slanciate, forti e leggere per la loro bellezza.

– Dove stiamo andando?

– Si chiama San Michele, come me.

– È il rifugio di cui parlavi?

– Sì – ammise Michele.

Parcheggiarono l'auto in uno spiazzo molto ampio e deserto. Michele aprì la macchina e si caricò a spalle due borsoni da viaggio e impugnò una torcia, poi fece cenno a Giovanni di imboccare una stradina asfaltata. Da lì, raggiunsero un sentiero di pietra, salirono gli interminabili gradini di una ripida scala e si fermarono su una terrazza che si affacciava sulla vastità della valle e sullo strapiombo di roccia mozzafiato. Non c'era nessuno, a parte il vento.

– Per di qua – disse Michele.

Si avvicinò al portone, trovandolo socchiuso. Appoggiandovi contro il peso del suo corpo, lo spinse e lo aprì. Al di là, lo Scalone dei Morti saliva con i possenti scalini scavati direttamente nella roccia fino alla porta dello Zodiaco, aperta sopra una nuova terrazza. Camminarono tra gli archi rampanti e salirono altri gradini, fino a raggiungere la chiesa superiore. Giovanni si guardava intorno meravigliato, rapito dalla sensazione di altezza e dalle vertigini di quella rocca. Le pietre chiare del San Michele assorbivano tutta la luce della notte lunare, trasformandosi in lastre avorio.

Giunti ai piedi della chiesa superiore, sentirono i passi affrettati di un giovane monaco vestito di bianco. Michele lo riconobbe: era lo stesso monaco che aveva condotto lui e Sebastian al cospetto del Maestro della confraternita. In quell'occasione non aveva mai parlato, mentre ora, lo salutò con un sussurro complice, e fece loro strada:

– Da questa parte, seguitemi. I Padri Rosminiani hanno accettato di accogliervi per questa notte. Vi condurrò sino alla vostra camera e cercherò di procurarvi del cibo. Il Padre Superiore ha dato ordine che voi non mangiate nel refettorio insieme a tutti gli altri.

Ci accompagnò in una grande stanza con le pareti di pietra spoglia e una piccola finestra. L'arredo era composto da due letti e un comodino con un semplice tavolo. Nel vano del muro, in una nicchia, dei pomoli di ferro servivano per appendere gli abiti. Giovanni si avvicinò alla finestra. Si trovava nella parte di monastero costruita sulle rocce dello strapiombo. L'altitudine, la vastità dell'orizzonte, la maestosità del silenzio e dello spazio che si godeva da lassù lo ubriacarono.

– Mozart – disse Michele, alle sue spalle.

Giovanni si voltò.

– Mozart cosa?

– Anche lui ebbe la moneta. E la sua musica è diversa da qualunque altra.

– Quindi potrei diventare un grande artista?

– La moneta ti aiuterebbe così come ha aiutato anche Elvis Presley.

– Stai scherzando.

– Affatto. Il suo show di Honolulu ha avuto più spettatori della camminata sulla Luna di Neil Armstrong, e ora la moneta riposa con lui, nella sua tomba, dove continua ad attirare migliaia di fan.

Giovanni si sedette sul letto.

Pochi istanti dopo il frate tornò da loro con un vassoio: pane, formaggio, mele e una brocca di acqua.

– È della loro sorgente – disse, guardando di sottecchi Giovanni.

– Scusaci un attimo – mormorò Michele, e uscì dalla stanza per confabulare con il frate.

Giovanni bevve un bicchiere di acqua gelida e si coricò sul letto per riordinare le idee. Aveva in mano il talismano del successo, ma per ottenerlo doveva far del male alle persone che gli stavano vicine. Se vi avesse rinunciato, avrebbe scontato sulla sua pelle tutto ciò che di buono gli era capitato.

Stentava a credere di dover prendere una simile decisione. Quando guardò di nuovo fuori dalla finestra, si trovò di fronte un paesaggio di fiaba: le luci si incastonavano nella valle, cingendo come merletti i pendii bui delle montagne. Le stelle punteggiavano il cielo blu come le penne del pavone e la luna perfettamente tonda, smagliante nel suo biancore, riversava fiumi di luce pallida sui boschi, sui monti e sulle pietre antiche del Monastero di San Michele.

A molti chilometri di distanza, intorno alla casa di Giovanni, un uomo si mosse con cautela. Le luci dell'interno mostravano angoli di stanze piacevolmente arredate. Ginevra si muoveva tra la cucina e la sala da pranzo, apparecchiando la tavola. Messico, un grosso lupo incrociato con qualcos'altro, sollevava di tanto la testa e annusava l'aria, inquieto. Quando lo sentì ringhiare, l'ombra si immobilizzò. Un televisore a basso volume si accese nella sala da pranzo. L'uomo attese pazientemente che il cane tornasse ad accucciarsi, poi scivolò lentamente fino alla finestra successiva e, questa volta, vide il volto di un uomo con i baffi, distratto dalle luci biancastre del televisore. Davanti a lui, la tavola preparata per due.

L'uomo si allontanò anche da quella finestra e, facendo attenzione a non far rumore, girò attorno alla casa. Dietro a una siepe lo attendeva un secondo uomo.

– Non capisco. Dovrebbero essere tre – gli disse.

– Invece sono due. Dov'è il ragazzino?

26

L'UOMO CON LA SCIMMIETTA

Quando Giovanni si svegliò, era già mattina.

Si stiracchiò, indolenzito dall'aver dormito senza nemmeno essersi cambiato. Vide che la moneta era sul comodino in mezzo al letto.

– Ti è caduta mentre dormivi – spiegò Michele, intento a fare esercizi di respirazione dall'altra parte della stanza.

– Ricordati della moneta. Tienila pure nella tasca dei pantaloni, ma trattala con cura.

Poi gli porse un asciugamano. – E ora vai a farti una doccia. Il bagno è fuori dal corridoio, sulla destra.

Una volta lavato, si sentì meglio. In camera trovò ad attenderlo un vassoio con caffelatte e pane ruvido.

Fece per mangiarlo, ma Michele gli fece cenno di non toccare niente.

– Scendiamo a mangiare al bar.

– Come vuoi – obbedì senza capire fino in fondo il perché.

Lasciarono tutto sul vassoio e si mischiarono alla folla di turisti che visitavano l'Abbazia. Giovanni ne approfittò per scoprire qualcosa di quel luogo così suggestivo: le figure incise sulla porta dello zodiaco, la cripta, il dipinto della cappella e l'inquietante maschera del diavolo, scolpito sopra il portone che, uscendo dalla chiesa superiore, conduceva alla terrazza. Da là, protesi nel vuoto, e spazzati dal vento, i pensieri di Giovanni si fecero foschi.

– Ma cosa facciamo, davvero, qui?

– Aspettiamo – gli rispose Michele.

– Chi?

– Una risposta. Forse c'è qualcuno che ci può aiutare a risolvere la situazione della tua moneta. Ma non è una persona facile da incontrare.

– E quindi?

– Quindi niente. Ora andiamo a telefonare ai tuoi genitori e poi a farci una passeggiata nei boschi.

– E come facciamo a sapere se... quella persona ci può aiutare?

Michele si avvicinò a una cabina telefonica e compose in fretta un numero.

– Intanto parliamo con i tuoi genitori.

Chiamarono casa, ma trovarono la segreteria e Giovanni lasciò un breve messaggio per rassicurare i suoi. Poi scesero a piedi fino allo spiazzo, tra famigliole di turisti in gran parte stranieri. Sollevarono gli occhi verso il cielo e si trovarono a fissare la scia di un aereo, che aveva tracciato nel cielo sopra di loro una lunga linea di gesso.

– Speriamo che Sebastian riesca a trovare aiuto... – mormorò Michele, vedendola.

Giovanni non gli fece domande. Cercando di tenere il passo dell'uomo, si era ritrovato ad avere il fiatone. Raggiunsero lo spiazzo, dove un grosso pullman stava facendo manovra. Michele gli appoggiò una mano sulla spalla e gli indicò il basso edificio del bar turistico che si trovava dall'altra parte dello spiazzo. Si misero al bancone e ordinarono cappuccino e brioches.

– Non alzare la testa e non voltarti – disse Michele, dopo un po'.

Era impallidito di colpo. Giovanni lo vide frugare nei suoi pantaloni in cerca del denaro e gettarlo sul bancone, senza attendere il resto.

– In bagno, presto – ordinò, sibilando.

– Che succede?

– Sono arrivati.

Giovanni frugò con gli occhi il grande piazzale coperto di sole. E lo vide, in mezzo gli altri. Era alto e magrissimo, con i riccioli ribelli che gl'ingrandivano la testa e la scimmietta appollaiata sulla spalla e riscuoteva le simpatie e i complimenti di tutti. Walter era immobile, accanto a un uomo dall'aspetto altero e privo di espressione: stavano studiando il posto.

Giovanni si sentì chiamare. Entrò nella toilette, dove Michele aveva spalancato una piccola finestra.

– Esci!

– Da lì!

– Aspettami tra quei cespugli.

– L'hai visto anche tu, vero?

– Visto chi?

– L'uomo con la scimmietta.

– Non è lui quello che mi ha preoccupato di più.

– Era quello che ha comprato la scatola!

– Muoviti. Ne parliamo dopo.

Giovanni sgusciò dalla finestrella, atterrando tra casse vuote di bibite. Michele lo seguì subito dopo, contorcendosi per riuscire a passare.

– Nei film l'eroe mette tutti Ko con una montagna di pugni.

– Il fatto è che non siamo in un film e non ho voglia di mollare una montagna di pugni – brontolò Michele, spazzolandosi i calzoni. – Anche perché immagino che siano armati.

Si spostarono nei cespugli, cercando di non dare nell'occhio.

– Che cosa vuoi fare?

– Dobbiamo tornare al convento.

– Ma la tua macchina non è qui? – protestò Giovanni.

– Ho lasciato le borse in camera. Possiamo calarci per qualche metro lungo la scarpata, aggirare il piazzale e arrampicarci sull'altro versante per raggiungere le cucine.

– E dove sono le cucine?

– Sono nella parte bassa del convento, quella che non si può visitare. È lì che vivono i padri Rosminiani. Vieni con me.

Michele cominciò a camminare con la massima cautela lungo la scarpata che pochi metri più in là diventava precipizio. Il senso di vuoto che incombeva sotto di loro li accompagnò durante quel passaggio con tutto l'orrore della sua suprema bellezza. Nell'attraversare un tratto piuttosto pericoloso, Michele fece appena in tempo ad avvertire Giovanni di fare attenzione, quando la terra si sfaldò sotto le suole delle sue scarpe e lui cominciò a scivolare, senza un lamento, verso il basso.

Giovanni non riuscì nemmeno a gridare. Vedendolo cadere verso il precipizio chiuse gli occhi e, quando li riaprì, vide Michele appeso a un giovane pino tremebondo, che si slanciava nel vuoto oltre uno spuntone di roccia, con i suoi due o tre rami stentati.

– Non venire a prendermi... – gli ordinò. – E stammi lontano. Prosegui lungo la scarpata e scavalca la rete dell'orto. Aspettami lì.

– Michele?

– Vai!

L'ordine perentorio venne per metà portato via dal vento incessante che turbinava attorno alla montagna sacra.

27

La fuga

Michele zoppicava vistosamente quando raggiunse Giovanni che si era fermato nel frutteto cintato, nascosto dal muretto di pietra. Da lì aveva provato a seguire le mosse dell'uomo con la scimmietta. Questi si era fermato alla base della scalinata e parlava con altre tre persone: due uomini tarchiati, uno pelato e con l'orecchino e il secondo con i capelli legati in una coda e il terzo, piuttosto esile, con i capelli grigi tagliati alle spalle.

Raphael.

– Come hanno fatto a sapere che eravamo qui?

– Andiamo in camera.

Attraversarono le cucine, dove un monaco stava pelando patate su un grande tavolone di marmo. Li guardò contrariato ed esclamò:

– Non si può entrare! È vietato.

– Ci scusi.

Lo oltrepassarono con una tale velocità che il monaco rimase indeciso se seguirli recriminando o restare a sorvegliare la sua montagna di patate. Michele si voltò in un paio di occasioni per far segno a Giovanni di stare zitto. Sgusciarono attraverso i corridoi del convento fino alla loro camera, la cui porta era socchiusa.

Michele la spalancò di scatto. All'interno, c'era il Padre Rosminiano, che sussultò per lo spavento. Michele lo squadrò, duro, poi si avvicinò al caffelatte che non avevano toccato e gli ordinò:

– Bevi questo!

Lui spalancò gli occhi spaventato:

– Che cosa stai dicendo..., non capisco...

Giovanni fissava i due e stava sulla porta rigido e immobile e, con la mano nella tasca, stringeva spasmodicamente la moneta, desiderando solo toccarla e proteggerla.

Michele sollevò il monaco di peso e lo schiacciò contro la parete.

– Perché non vuoi bere? È come l'acqua che ci hai portato ieri? Quella che ha fatto addormentare il ragazzo all'istante?

Il monaco cercò di divincolarsi, ma la presa di Michele sembrava d'acciaio.

– Che cosa ci hai messo, dentro? Cosa?

– È soltanto sonnifero... – bofonchiò quello.

– E allora... dormi!

Michele fece sbattere violentemente la testa del monaco sul muro, poi si voltò verso Giovanni, che era ancora fermo, raggelato, in preda a sentimenti contrastanti, sulla porta.

– Dammi una mano! – gli ordinò Michele. – Nel borsone più grosso... c'è una corda.

Giovanni rimase immobile, aspettando non sapeva neanche lui bene che cosa.

– Giovanni! – gridò Michele.

E Giovanni si riscosse. Si mosse come un automa, pur sentendosi addosso una tensione mai provata prima. Aprì la borsa e scoprì, con sua grande sorpresa, che conteneva stoffa colorata. Porse la corda a Michele che la annodò da autentico esperto.

Poi si caricò i borsoni sulle spalle e uscì dalla camera tenendo Giovanni per un braccio.

– Dove stiamo andando? – domandò Giovanni.

Tornarono alle cucine, dove il frate Rosminiano scattò nuovamente in piedi indicandoli con il pelapatate.
– Insomma, vi ho detto che non si può passare di qui.

Michele gli lanciò un'occhiata infuocata. – Ci scusi! – ripeté.

Lasciò la presa sul ragazzo e transitò nella cucina gettando lo sconquasso con i suoi due borsoni giganti. Uscirono fuori, nell'orto e, dall'orto, cominciarono a costeggiare la rocca di San Michele per raggiungere il punto più alto dello strapiombo, protetto da una ringhiera. Quando lo raggiunse, Michele gettò le borse a terra e cominciò ad aprirle.

– Michele? – lo chiamò Giovanni, raggiungendolo. – Che cosa stiamo facendo?

– Ascoltami bene... – disse Michele, armeggiando con le zip. Tirò fuori dai borsoni due strani e voluminosi zaini, da cui pendeva una complicata imbracatura. – Perché non potremo usarli insieme.

Si alzò davanti al ragazzino e lo fece voltare. – Indossa questo... e fatti imbragare.

Giovanni obbedì, meccanicamente, impedendosi di pensare. Sentiva il vento fischiare e sibilare intorno a lui. E le cinture e le fibbie chiudersi a una a una.

– Così.

Michele fece un passo indietro e tolse un secondo zaino dall'altro borsone. Lo indossò rapidamente.

– Dimmi che non è vero – sussurrò Giovanni.

Sentì la mano di Michele sulla spalla. – Scavalca la ringhiera! – gli disse.

– Come?

– Così! – Michele scavalcò agilmente la ringhiera, rimanendo in equilibrio su una pietra protesa nel vuoto. – Gli indicò lo zaino che portavano sulle spalle. – Abbiamo sulle spalle un paracadute direzionale da base-jump. Devi solo tirare questa maniglia e si aprirà. Vieni. Guarda. Una volta che hai aperto il paracadute, devi usare queste due cinghie per direzionare il pilotino, altrimenti il vento ti trascinerà su quei pinnacoli di roccia. O a impigliarti sui pini del bosco. Tutto chiaro?

Giovanni accennò di sì con il capo, ma aveva una tale morsa allo stomaco che non avrebbe potuto spiccicare una sola parola.

Un rumore improvviso lo fece voltare di scatto verso il profilo della chiesa alta.

– Che cosa è stato? – domandò.

– Un colpo di pistola – rispose Michele. – Scavalchi... oppure no?

Giovanni mise un piede sulla ringhiera e poi il secondo. Saltò dall'altra parte, come ipnotizzato dalle vertigini. – Non c'è altro modo, Giovanni. Fidati. Hai la moneta!... Sono io quello che deve temere.

Il vento ingolfava il respiro di Giovanni e agitava i capelli grigi di Michele che voltava la schiena al vuoto e con lo sguardo sondava lo spazio che li divideva dall'Abbazia.

– Non abbiamo molto tempo: hai capito tutto? Tiri questa per aprire e queste due per cambiare direzione. Ci sei?

Giovanni fissò i suoi occhi in quelli dell'amico. Vi trovò la sicurezza che gli serviva al momento.

– Bene – decise Michele.

E lo spinse nel vuoto.

Una volta sceso dall'aereo che lo aveva condotto a Roma, Sebastian si era concesso il lusso di un taxi per poter essere più veloce. In realtà, una volta arrivato all'altezza dei Fori Imperiali, il traffico era diventato così intenso che l'auto procedeva con una lentezza esasperante. Il prete, sprofondato nel sedile posteriore, cercava di rispondere cortesemente al taxista, che non era stato zitto un solo momento. Roma era come sempre meravigliosa: belle case con i giardini curati, palazzi sontuosi, i viali alberati ingombri di auto e di turisti, le vestigia romane che occhieggiavano ad ogni angolo. Sebastian strinse la busta che aveva con sé, chiusa con il sigillo di ceralacca del Gran Maestro dell'Etoile Internelle e, in cuor suo, sperava che quel lasciapassare gli sarebbe stato sufficiente.

Quando scese davanti al colonnato di San Pietro, a poca distanza dalle carrozze trainate dai cavalli, varcò il portone della Basilica con una certa soggezione e gli occhi lucidi di lacrime. Tutto lì era moltiplicato all'ennesima potenza. Bellezza, sontuosità, eleganza, ma anche freddezza, distacco e formalità. Si sentiva molto piccolo, al pensiero del motivo per cui aveva compiuto quel viaggio.

Chiamò a raccolta il suo Angelo custode e tutti quelli che assistevano i membri della sua famiglia e si affidò alla loro benevolenza. Un poco rincuorato, raggiunse una sala di attesa dal soffitto altissimo.

Si sedette su un seggiolone di velluto rosso e ammirò, sulle pareti, le cornici dorate di trenta centimetri, che racchiudevano ritratti austeri, in pose tutte uguali, con sete, gioielli e sfondi con arredi preziosi. Tutti quegli occhi puntati addosso lo facevano sentire ancora più in soggezione. Su un cassettone intarsiato una scultura di squisita fattura si rifletteva in uno specchio soffocato da ghirigori dorati. Sebastian si alzò e controllò di essere pettinato.

Poi si sedette e passò ad ammirare il pavimento, un mosaico di colori tenui che intrecciava stemmi e animali fantastici. Ebbe tutto il tempo di osservarlo perché, tre ore dopo, era ancora seduto sul seggiolone.

Con un sospiro, chiamò di nuovo a raccolta i suoi angeli custodi e, finalmente, dopo un'altra ora di attesa, la grande porta sul fondo dell'anticamera si aprì e il segretario, deferente, ma poco comunicativo, della persona che doveva incontrare gli indicò che poteva entrare.

28

RANVERSO

Mentre stava precipitando, l'anima di Giovanni si era staccata dal corpo e aveva portato via con sé tutti i sentimenti, compresa la paura. Giovanni aveva aperto gli occhi verso la vallata verso la quale stava precipitando e, con una lucidità fantastica, aveva tirato la maniglia di apertura del paracadute. Di colpo era stato sbalzato in alto, ritrovandosi poi a fluttuare, morbidamente, sulle ali del vento. Aveva afferrato le cinghie direzionali e, con qualche scossone, aveva cominciato a oscillare, descrivendo dolci traiettorie a spirale. Visti da lassù, i movimenti delle altre persone che si affaccendavano intorno alle automobili sembravano ridicoli. Lo sguardo di Giovanni spaziava tra le cime dei monti di cui non

– Che dobbiamo andare al mare – sorrise Michele, sollevando una nuvola di polvere dall'antica Precettoria.

29

Il passo del Melogno

L'utilitaria rosso fuoco correva verso un baluardo, ancora lontano, delle colline, oltre le quali la robusta ossatura delle montagne Cozie disegnava profili maestosi nel cielo grigio azzurro. La moneta ancora chiusa nel taschino emanava uno strano calore, e aveva un peso diverso. Spogliata del suo mistero, e caricata del suo valore simbolico, pulsava.

– Dimmi di loro.

– Loro chi?

– Quelli da cui stiamo andando. E quelli da cui stiamo scappando.

Michele corrugò la fronte e arricciò la bocca in una strana smorfia.

– In realtà sono molto simili. L'uomo che ci segue,

Raphael, solo qualche anno fa faceva parte della confraternita.

– Questo me l'hai detto. Ma quale è lo scopo di questa confraternita?

– Proteggere e conservare.

– Cosa?

– Tutto ciò che deve essere protetto e conservato. La memoria di Dio. E di Gesù. E i suoi segreti.

– Non bastano la Bibbia e tutte le migliaia di messe che si dicono ogni domenica? – sbuffò Giovanni.

– No. Purtroppo no. Occorre anche chi sappia spiegarteli. Vedi..., per quanto ne so io, la confraternita si occupa di questo. Studiare, avvisare, proteggere. E sceglieva i suoi membri con grande cura: uomini e donne disposte a vivere una seconda esistenza, segreta, al servizio dei misteri. Come vedi, però, non è bastato.

– E tu? Fai parte anche tu della confraternita?

Michele sorrise, e poi scosse il capo.

– Io? No, non c'entro. Io sono stato presentato loro da un mio amico prete chiamato Sebastian, che è stato scelto per prendere il posto di Raphael.

– Perché?

– Serviva un angelo custode – rispose Michele, guardando la strada davanti a sé.

Gli alberi si erano infittiti e le case diradate. Nei campi coltivati, i vigneti avevano lasciato il posto a frutteti con alberi arcigni. Le colline si erano tramutate in ruvide rocce affioranti, che squarciavano il tessuto verde dei prati. Nel cielo, gli uccelli erano stati scacciati dal volo solitario di un falco, che ruotava lentamente per controllare il suo territorio.

– Dove siamo? – domandò Giovanni.

– Stiamo attraversando il passo del Melogno.

I colori degli alberi si erano smorzati e cominciavano a perdere compattezza. Una volta raggiunto il passo, il cielo si aprì sopra di loro e la strada cominciò a scendere, dolcemente, dall'altro versante. Faggi dal tronco liscio e argentato cominciarono a intrecciare i loro rami sopra la strada, formando una galleria armoniosa. Corsero nell'abbraccio dei rami senza parlare, accompagnati dalle lame di luce che filtravano tra i rami, dalle rocce simili a troni che punteggiavano il sottobosco e dai torrenti d'argento, che riempivano l'aria del loro canto armonioso.

Seduto rigido sul sedile posteriore della Mercedes, Raphael cercava di ignorare la testina buffa della scimmietta che lo fissava dal sedile davanti con occhi tondi carichi di curiosità. La sola idea che potesse fare un balzo e saltargli sulle ginocchia lo paralizzava. Con la coda dell'occhio, Raphael osservava l'elegante facciata di cotto della Precettoria di Ranverso e aspettava il ritorno dei suoi uomini.

La scimmietta si mosse e Raphael tornò a concentrarsi su di lei.

– Non ti azzardare... – le sibilò. – O ti uccido.

Per tutta risposta, lei si infilò tra i due sedili, fissandolo con intensità.

– Vattene – sibilò Raphael. – Hai capito? Vattene!

Passi sulla ghiaia lo fecero voltare. Si aprirono le portiere e la scimmietta squittì.

– Allora? – domandò Raphael.

Walter gli parlava calmo e inespressivo. Grattò la testa del suo animaletto.

– Hanno preso un'auto.

– Per andare dove?

– Non lo sa.

Lo scintillio indecifrabile delle pupille della scimmietta lo infastidivano sempre di più

– Non lo sa o non ve lo vuole dire?

La portiera accanto a Raphael si aprì e si richiuse. Raphael si strinse il più possibile nell'angolo opposto del sedile cercando di evitare il contatto con l'uomo con la coda di cavallo che si era accomodato accanto a lui. Sentiva l'odore aspro del suo sudore e del suo alito. E vide con orrore che stava cercando di pulire le mani sporche di sangue. Raphael sbiancò. Walter, guardando le macchie scure che si allargavano sulla stoffa del fazzoletto, ribadì:

– Non lo sa.

30

VENTIMIGLIA VECCHIA

Il mare era là: lucido e sornione. Lungo la linea dell'orizzonte si distinguevano i triangoli bianchi delle vele gonfie di vento e le loro scie di schiuma bianca. Le rive rocciose si ornavano di trine d'acqua, mentre, nel cielo, masse di nuvole indecise e volubili avanzavano lentamente.

La piccola utilitaria rosso fuoco scendeva a tutta velocità tra macchie di ulivi, oleandri e giganteschi eucalipti. A ogni tornante Michele controllava l'orologio.

– C'è qualche problema? – gli domandò Giovanni.

– Spero di no.

Giovanni pensava a suo padre e a sua madre e, al modo di tenersi la moneta senza fare del male a nessuno. Possibile che non ci fosse un modo? "Se lo trovassi...", si diceva, "potrei diventare quello che voglio; fare quello che voglio, avere tutto, proprio tutto quello che desidero...".

– Tranne Lucilla – disse, ad alta voce.

– Come?

– Niente, niente – si affrettò ad aggiungere. Ma gli sembrò che la moneta, nella sua tasca, avesse avuto un guizzo di rabbia.

L'auto raggiunse il fondo valle e Michele si fermò a un bivio, indeciso. Da un lato erano indicate Ventimiglia e la Francia. Dall'altro, Genova.

– Sai dove andare? – gli domandò Giovanni.

Michele si scosse e accennò un vago sì col capo:

– Vorrei trovare una cabina per chiamare e sapere se hanno trovato il modo di liberarti.

– E se non volessi essere liberato? – replicò Giovanni, di getto.

Michele lo fissò:

– Non ho detto che tu debba farlo.

Poi fece una smorfia di dolore.

– Che succede?

– Niente – rispose Michele. – La gamba comincia a farmi davvero male. E spero che questa storia finisca presto, credimi.

Michele sospirò. Strinse il volante e girò in direzione di Ventimiglia.

I nuvoloni nel cielo si addensarono e cominciarono a scendere le prime gocce di pioggia. La loro utilitaria rossa si incolonnò in un fitto traffico di altre automobili.

– Che brutta città – disse Giovanni, quando arrivarono a uno svincolo sopraelevato che passava sopra ai binari.

– Io vivo qui.

– Oh, scusa!

– Non devi scusarti. La città è stata rovinata. Ma la parte vecchia, quella arroccata lassù, è ancora molto bella.

Gli indicò l'amalgama di vecchie case accoccolate su un promontorio roccioso e aggiunse:

– Da casa mia vedo i pesci.

La pioggia cominciò a scrosciare e il traffico rallentò ulteriormente. Tra le nuvolaglie cominciò a baluginare qualche fulmine lontano.

Michele guidò fino a una stretta rotonda, da cui prese la strada che conduceva in Francia. Passarono in una galleria scavata nella roccia che sorreggeva la città vecchia e, una volta dall'altra parte, trovarono una pioggia ancora più fitta. La strada cominciò a costeggiare giardini lussureggianti e piccoli borghi di case, passò accanto alla torre medievale di Grimaldi e scese alla frontiera, nella baia di Mentone, livido sotto il cielo grigio.

Michele strinse il cellulare e poi lo appoggiò nel vano accanto al cambio. Imprecò, sottovoce, il nome di Sebastian.

Passarono Montecarlo e si arrampicarono sulla Gran Corniche, correndo sulle scogliere mozzafiato avvolte dalla pioggia. Raggiunsero Nizza e uno spettrale lungo mare, con il mare che gemeva al fondo di una spiaggia raggelata. Il paese successivo, Antibes, era illuminato da lampi furibondi. Michele accostò la macchina all'imboccatura di una stradina di pietra con negozietti per turisti tristemente illuminati. Scese a comprare qualcosa da mangiare, lasciando Giovanni solo sulla macchina. La pioggia scrosciava intorno a lui, in una cascata assordante. Un cellulare cominciò a squillare.

Giovanni si voltò: l'uomo era ancora dentro al negozio. Prese il cellulare, senza porsi troppe domande sul perché l'avesse tenuto spento fino ad allora, e guardò il nome di chi stava chiamando. Sebastian.

Rispose.

– Michele? – gracchiò una voce lontana. – Mi senti?

– Sì – rispose Giovanni.

– È confermato. Domani mattina! Sull'isola di Saint Honorat!

– Bene... – disse Giovanni.

– Devi assolutamente..., puntuale... – La voce di

Sebastian divenne metallica, e, subito dopo, la telefonata si interruppe.

Giovanni guardò il display, guardò fuori dal parabrezza e fece il numero di casa sua.

– Mamma!

– Giovanni? – rispose suo padre. Ma anche questa volta la voce era lontana, gracchiante, sommersa dal rumore della pioggia. – Come stai?

– Va tutto bene, papà. Sto... viaggiando. Con Michele.

– Michele chi?

– Te lo spiegherò appena possibile. Dobbiamo incontrare alcuni suoi amici, domani mattina. E poi sarà tutto risolto.

– Dove sei?

– Siamo al mare. In Francia – disse Giovanni, parlando molto velocemente. – Isola di Saint Honorat!

– Non ho sentito! – esclamò la voce metallica di suo padre.

– Domani sarà tutto finito! – singhiozzò Giovanni, richiudendo il cellulare. Cercò di cancellare la telefonata dal registro, ma non fece in tempo. Michele spalancò la portiera ed entrò.

– Che cosa stai facendo con il cellulare?

– Ti ha chiamato Sebastian. Ha detto che è tutto confermato – rispose Giovanni. – Domani mattina. A Saint Honorat.

Michele restò come paralizzato, con una gamba ancora fuori dalla portiera, alla pioggia. – Dici davvero?

– Richiamalo, se non mi credi.

Michele gettò un sacco di baguette calde, formaggi di capra e un barattolo di Nutella sulle ginocchia di Giovanni. – Pazzesco. Ce l'ha fatta.

Gli passò anche un coltello a serramanico. – Prepara tu i panini – disse, soprappensiero.

A casa dei genitori di Giovanni, Walter riabbassò la cornetta del telefono. – Dov'è Saint Honorat? – domandò agli altri.

Raphael, seduto rigidamente sul divano, disse: – È un'isola. Non lontana da qui.

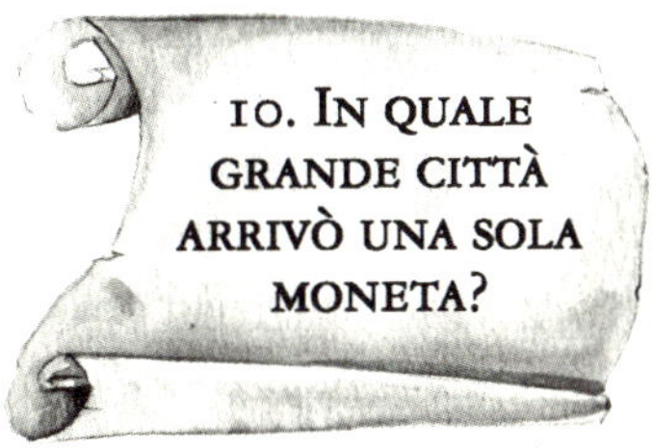

31

In mare

Michele e Giovanni trascorsero la notte in un piccolo albergo, guardando la televisione francese, che riuscivano entrambi a comprendere senza alcuna difficoltà.

– Che cosa succederà, domani?

– A Saint Honorat c'è un'importante abbazia. – disse Michele. – Ha una storia particolare, che è poco più di una leggenda, ma si dice che le trenta monete di Giuda, richiuse in un sacchetto, fossero state portate in Europa da Maria Maddalena, e dai suoi compagni di viaggio, che approdarono sulle coste francesi. Sapevano quale fosse il loro potere e, per questa ragione, vennero nascoste sull'isola, e sorvegliate nella speranza che nessuno venisse mai al corrente della loro esistenza. Ma il segreto durò pochi anni: una spedizione romana venne inviata a cercarle. I custodi vennero uccisi e il sacco che le conteneva aperto. Vi rimasero dentro solo dodici monete. Le altre furono portate via, e cominciarono il loro viaggio nel mondo. Una sola moneta, si disse, arrivò a Roma, dove fu subito presa da Nerone.

– E le altre?

– Sono state quasi tutte recuperate, e rimesse all'interno del sacco con cui la Maddalena le aveva trasportate qui.

– Tutte e ventinove?

Michele scosse il capo.

– No. Ma la confraternita suppone di sapere dove si trovano le altre. Una moneta è nella tomba di Elvis Presley, da dove difficilmente potrà uscire. Tre sono in fondo al mare. Due sono state gettate nel Vesuvio. Una orbita attorno alla terra, al collare del primo cane inviato nello spazio.

– E questo Raphael lo sa?

– Certo. Ed è per questo motivo che ha cercato di impadronirsi della tua. Era la più facile da recuperare.

– Ma io non ho alcuna intenzione di dargliela! – esclamò Giovanni.

– Hai intenzione di darla a qualcuno?

Giovanni pensò a lungo cosa rispondere e poi concluse: – No. Credo proprio di no.

Un lampo fece vibrare i vetri, zittendoli.

Il giorno dopo, affittarono una piccola barca a motore. Le condizioni del mare non erano buone e Michele dovette contrattare a lungo, pur di convincere il proprietario del natante a prestarglielo. D'inverno non era solito ricevere richieste di quel tipo.

– Facevo prima a comprarne una nuova... – borbottò, guardando il portafoglio vuoto. Zoppicò fino al pontile e indicò a Giovanni una barchetta di legno scrostato, con un minuscolo fuoribordo.

– È questa! – disse.

– Io non ci salgo, lì sopra.

– E invece ci salirai. Se dovesse andare a fondo, ti ricordo che, quello che rischia di più sono io.

Saltò a bordo, cominciando a slegare la gassa dall'ormeggio. Dal cielo, insicuro, cadevano rade gocce di pioggia.

– Vieni con me? – Michele gli tendeva la mano.

Giovanni esitò, poi, preso il coraggio e senza guardare il ribollire delle piccole onde che agitavano il porto, saltò.

Anche se Giovanni si era augurato che non funzionasse, il fuoribordo si mise in moto, con un brontolio di tuono. Michele le fece fare una lenta retromarcia, poi la guidò con cautela fuori dal porto. Superati i moli, il mare si increspò di tante, minuscole onde. Seduto a lato del motore, Giovanni guardò la costa aprirsi alle sue spalle, tra sbuffi di schiuma. Michele accelerò, facendo alzare la punta dell'imbarcazione per vincere la forza delle onde. Giovanni sentì l'impatto con l'acqua sotto la carena della barca e pregò che, a quel punto, tutto funzionasse a dovere. Con il procedere al largo, la barca prese una sua regolarità, continuando a scendere e salire dalle onde, ma con meno violenza. All'orizzonte italiano, il temporale era ancora in corso e lampi scheletriti si tingevano contro il grigio del cielo. Giovanni guardò dall'altra parte, dove, ben presto, fu visibile un'isola.

– Sainte Marguerite – urlò Michele. – Dove si dice che fosse stata rinchiusa la "Maschera di Ferro"!

– È lì che andiamo?

– No. Ci fermiamo all'isola dopo.

Un'onda particolarmente difficile fece impennare la barchetta, che poi precipitò nella conca d'acqua successiva.

– Spero tu sappia nuotare! – gridò Michele, divertito, ma Giovanni impallidì, preoccupato. Si sentiva fisicamente bene, ma erano i pensieri a turbarlo. Una voce incessante, dentro la sua testa, ripeteva: "Fermati. Ferma il motore. Ferma questo vecchio pazzo. Ti vuole solo rubare la moneta".

Dopo un tempo che a Giovanni parve eterno doppiarono il capo di Sainte Marguerite, su cui si infrangevano onde furiose. Gli alberi che circondavano la fortezza erano piegati dal vento. Michele indicò il braccio di mare al di là e la sagoma verde di Saint Honorat.

– È quella! – esclamò. – L'isolotto che vedi a lato è Saint Féréol... Dicono che vi abbia studiato san Patrizio, prima di andare a convertire l'Irlanda.

Michele tacque di colpo. Da dietro alla sagoma diroccata del castello era emerso un motoscafo nero, che fendeva l'acqua come un coltello il burro. Un raggio di sole fece scintillare la sua carena lucente.

– Chi sono? – intuì Giovanni, guardando l'agile corsa di quel mostro marino.

– Non lo so – rispose Michele, compiendo una prudente virata. – Ma temo che non impiegheremo molto tempo a scoprirlo.

Il motoscafo, infatti, cominciò a puntare nella loro direzione e, in pochi minuti, li raggiunse. Ma, anziché speronarli, come per alcuni lunghi istanti Giovanni aveva temuto, si fermò a pochi metri da loro.

Sul ponte comparve un uomo.

Nel riconoscerlo, lo sguardo di Michele si addolcì.

Era Sebastian.

32

L'UOMO BIANCO

Trainati dal motoscafo, raggiunsero in pochi minuti l'attracco dell'isola. La pioggia del giorno prima aveva lavato ogni roccia, albero e casa della piccola isola. Pozze d'acqua scintillavano tra gli alberi del giardino e le file delle erbe officinali dell'orto. Tra gli alberi svettava un castello di pietra nera, alla cui base di infrangevano le onde, e il campanile di una cattedrale, circondato dal verde.

Michele e Sebastian si salutarono calorosamente. Michele si sfiorò la barba e, indicando i suoi vestiti, domandò:

– Posso venire così?

– Credo proprio di sì – sorrise Sebastian.

Giovanni non si aspettava di vedere un prete. Poteva avere più o meno gli stessi anni di Michele, ma era molto più magro. Li seguì lungo un vialetto che saliva dal porticciolo verso la cattedrale, isolandosi progressivamente dai loro discorsi per concentrarsi su quello che sentiva dentro di sé: una grande, sconfinata voglia di andar via. Il vialetto costeggiò un tratto di bosco, inerpicandosi a fianco della scogliera. Mentre camminava a una decina di passi da loro, Giovanni si sentì posare una mano sulla spalla e una voce sussurrargli: – Ciao ciao, ragazzino.

La mano si fece più pesante. Giovanni si voltò di scatto e riconobbe, per prima cosa, gli occhi rotondi della scimmietta.

Poi Walter emerse dall'ombra e lo afferrò.

Fu Sebastian ad accorgersi del rumore e della scomparsa di Giovanni.

– Il ragazzo! – esclamò, quando vide che, dietro di loro, non c'era nessuno.

– Giovanni! – urlò Michele, fermandosi. – Giovanni!

Poi vide, o credette di vedere, una figura lontana che stava correndo giù dal sentiero e contemporaneamente sentì, dal mare, il rumore di un fuoribordo. Michele impiegò meno di un secondo a intuire che cosa potesse essere successo. Si lanciò all'inseguimento, di corsa, cercando di ignorare il dolore alla gamba.

Bloccato sulle spalle di Walter come un sacco di patate, Giovanni provò a divincolarsi, scalciando disperatamente, ma il magro aiutante di Raphael era più robusto di quanto il suo fisico lasciasse trapelare. La scimmietta gli saltava continuamente addosso, mordendolo sul naso e sulle mani.

– Stai fermo, maledizione! – gli urlò Walter, senza mai smettere di correre. Raggiunse la riva del mare, mentre Giovanni cominciava a prenderlo a pugni sulla schiena. – Fermo!

Ora si sentiva il rumore di un motore, che però Giovanni non riusciva a vedere.

– L'ho preso! – urlò Walter, sbracciandosi, rivolto a qualcuno che lo stava aspettando al largo.

Era un motoscafo.

Approfittando della presa allentata, Giovanni morse Walter alla spalla e, l'attimo successivo, si ritrovò a terra, sui ciottoli, con la scimmietta che gli saltava addosso come impazzita.

– Dannato ragazzo!

Giovanni provò a rimettersi in piedi per scappare, ma Walter fu più veloce. Lo afferrò per la spalla e lo gettò a terra.

Dal motoscafo, intanto, Raphael cominciò a gridare:

– Lascia stare il ragazzo! Prendigli la moneta! La moneta!

Giovanni fu schiacciato a terra dalle mani forti di Walter.

– Stai fermo! – gli intimò l'uomo. – E sarà tutto finito!

Dal bosco alle loro spalle, si sentì gridare:

– Giovanni!

Le dita di Walter cominciarono a frugargli nelle tasche.

– Dammi solo quella dannata... moneta! – esclamò Walter, furioso.

E Giovanni, altrettanto furiosamente, cominciò a sbracciarsi e a contorcersi, per impedirglielo. La sola idea che qualcuno potesse rubargliela centuplicò le sue forze. Riuscì ad afferrare un ciottolo e a picchiarlo violentemente sulla spalla di Walter.

– Ah! Maledetto! – gemette lui.

Giovanni sgusciò dalle sue mani. La scimmia urlò.

– Che aspettate! – urlava intanto Raphael, dal motoscafo. – Andate ad aiutarlo! Svelti!

Due persone si tuffarono in acqua.

Un attimo prima di riuscire a mettersi in piedi, Giovanni si sentì afferrare alla gamba e cadde di nuovo sui ciottoli, questa volta a pancia in giù. Le ginocchia di Walter si schiacciarono sui reni, immobilizzandolo a terra, mentre le sue mani ossute ricominciarono a frugare nelle sue tasche. – Tanto è inutile..., non mi scappi...

– Giovanni! – esclamò la voce di Michele, questa volta più vicina.

Anche i due scagnozzi di Raphael stavano sopraggiungendo, grondanti d'acqua ghiacciata.

La scimmietta urlò.

Michele irruppe sulla spiaggia come una furia. Atterrò con un pugno il primo degli scagnozzi di Raphael e, con una flessione del tronco degna di un ballerino, evitò la carica dell'altro. Fece una mezza capriola all'indietro e mandò anche lui a terra con uno sgambetto fulminante. Poi, ignorandoli entrambi, divorò lo spazio di spiaggia che lo divideva da Walter e Giovanni e piombò alle spalle dell'uomo con la scimmietta.

Giovanni si sentì alleggerito improvvisamente dal peso di Walter sulla schiena e, quando si voltò, lo vide sollevato da terra dalle robuste braccia del suo angelo custode. L'attimo successivo Walter era in mare e la scimmietta, scagliata da una pedata violentissima, raggiunse quasi il motoscafo di Raphael.

– No! – gridò quest'ultimo.

Giovanni si alzò in piedi, tossendo. La schiena di Michele lo divideva dagli altri tre uomini, che nonostante il numero sembravano, però, in netta inferiorità. L'uomo trovò anche il modo di girarsi per domandargli come stesse.

– Tutto bene!

Vattene via, subito!

– Ma...

– Corri da Sebastian. E andate nella chiesa!

Walter e i due scagnozzi cominciarono ad avvicinarsi minacciosamente.

– E tu?

– Io... adesso... darò loro un sacco di botte!

E, urlando come un leone all'attacco, si scagliò in avanti.

Giovanni, ripiegato su se stesso, si diresse dove gli aveva indicato Michele e si imbatté, dopo pochi secondi, in Sebastian, che correva nella direzione opposta.

– Ci sono tre uomini, laggiù! – urlò. – E Raphael, sul motoscafo.

Anche dalla loro posizione potevano sentire i rumori di una lotta concitata, con tanto di spruzzi d'acqua e imprecazioni.

Sebastian lo afferrò per le spalle.

– Tre uomini sono appena sufficienti, per lui. Credimi.

– Dobbiamo aiutarlo!

– L'ho già fatto. Ho chiamato le guardie! Saranno lì tra pochi secondi.

Sebastian si inginocchiò davanti a lui. – Noi dobbiamo fare un'altra cosa, adesso.

Il viso di Giovanni era sporco di sabbia. I suoi vestiti, lacerati dalla lotta, erano imbrattati da grosse macchie umide.

– Non finirà così! – urlò la voce di Raphael, distante.

– Cosa dobbiamo fare?

– C'è una persona che è venuta a trovarti – spiegò Sebastian. – E che può stare qui solo pochi minuti.

Giovanni annuì e, con il cuore in gola per Michele, lo seguì.

Arrivarono davanti a una enorme porta, che il monaco aprì premurosamente. Poi si mise al suo fianco e varcò la soglia con lui. La sala era, forse, la più bella dell'Abbazia, ma Giovanni non vide nulla di quello che lo circondava; aveva puntato i suoi occhi sugli altri abati, in piedi a un alto seggiolone di seta bianca, su cui era seduto un uomo che fissava Giovanni con grande intensità.

Il ragazzo capì di colpo tutta l'agitazione dei monaci e tutta la premura di Sebastian. Deglutì, e il cuore prese a battergli furiosamente. Ebbe l'impressione che la moneta, stretta nella sua mano, stesse guizzando. E strani pensieri gli affollavano la testa: "Pensa... Pensa a ciò che hai... È tua, solo tua, di nessun altro... Che cosa vuoi? Diglielo e lo avrai! È tua! Tua!"

Sebastian, accorgendosi del suo smarrimento, cominciò a spingerlo dolcemente avanti, incoraggiandolo. Infine, quando Giovanni arrivò davanti all'uomo seduto sul seggiolone, fece un paio di passi indietro, lasciandoli soli.

– Così sei tu Giovanni – disse l'uomo seduto sul seggiolone bianco.

Il ragazzo accennò di sì con il capo, dritto, fermo, mentre un leggero sudore gli imperlava la fronte.

– Sono contento che tu sia venuto. Tu sai perché sono qui?

Giovanni fece un cenno di diniego con il capo.

– So che tu hai protetto un oggetto prezioso, portandolo fin qui. E so anche che senti quell'oggetto come tuo. Questo è giusto. Io non ti obbligherò a donarlo. Deve essere una scelta consapevole. La moneta che porti con te è una delle trenta che pagarono la vendita di Gesù, e quando Giuda capì quello che aveva fatto, se ne sbarazzò, e ne pagò il prezzo con la vita. Ma le monete rimasero, e passarono di mano in mano, generando iniquità. Nella mia lingua c'è una parola, Schadenfreude, che indica il sentimento di gioia che proviamo per le disgrazie altrui. Capita, ed è capitato a molti. Ma può essere un sentimento momentaneo, non una ragione di vita.

Giovanni annuì. La voce di quell'uomo, in un italiano spigoloso, gli procurava una commozione palpabile, che gli rendeva difficile mantenersi impassibile.

"Sono solo menzogne" disse una voce nella sua testa. "Non gli credere... non è vero... mi vuole per sé... rifletti, perché non avrai mai più un'occasione simile..."

L'uomo vestito di bianco frugò tra le sue vesti, tirandone fuori un lacero sacco di corda. Lo distese sulle ginocchia con un tintinnio fesso e continuò a parlare. – Più di venti monete sono tornate al loro posto, e hanno cessato di nuocere. Alcune sono andate perdute per sempre. Nemmeno io, prima di ricevere la missiva della confraternita, ero al corrente della loro storia. E non sapevo dove fosse tenuto questo semplice sacchetto strappato. Mi hanno raccontato la storia, sai? Come l'hanno raccontata a te. Della moneta che tu porti con te si erano perdute le tracce durante il regno cristiano di Gerusalemme, quando venne portata come talismano per liberare la città sacra. La crociata, ricordi?

Tutto ciò che Giovanni ricordava l'aveva visto nei film. E sperava che almeno qualcosa fosse corrispondente al vero. "Menzogne!" urlò la voce nella sua testa. "Vai via da questo posto!"

– Fu lì, nella città santa, che la moneta si perse. E in qualche modo tornò sui suoi passi, fino in Cappadocia, quando venne nascosta, nel monastero sospeso, lontano da tutti.

L'uomo vestito di bianco sollevò il sacchetto delle monete e lo mostrò a Giovanni. – Noi crediamo che il suo posto sia qui, con le altre sorelle, ma questa è solo la nostra idea.

Sorrise, aggiungendo: – La decisione è tua. Puoi uscire di qui con il tuo portafortuna, e conquistare il nostro mondo di uomini. Oppure puoi provare a conquistarlo...

E così dicendo l'uomo si chinò per sfiorare, con l'indice della mano, prima il petto e poi la fronte di Giovanni – ...Seguendo il tuo cuore. E la tua intelligenza. In questo caso, però, dovrai faticare. E soffrire. Fallire. Sbagliare. Probabilmente non riuscirai a ottenere tutto ciò che desideri. E alla fine di tanti sforzi sarai da solo. Forse, se rinuncerai alla tua moneta, pagherai molto di più di quello che ne hai ottenuto. Forse. Ed è proprio su questa incertezza che si fonda la tua libertà.

Giovanni guardava l'uomo vestito di bianco, e, per quanto la voce nella sua testa continuasse a dirgli di andar via, lui non riusciva a decidere che cosa fare. Fece un mezzo passo all'indietro. E l'uomo sorrise.

Ne fece un altro, scuotendo il capo.

"Lui vuole solo la moneta. Vuole il potere".

Nella tasca la moneta scottava, ora.

Giovanni ripensò rapidamente a tutto quello che gli era stato detto. Rivide il Bazar di Istanbul, la scatolina nascosta nel doppiofondo, i suoi zii che lo ammiravano mentre trattava per l'acquisto dei tappeti. Ripensò al goal fatto alla partita di calcio, agli occhi scintillanti di Lucilla, alla sera in cui avevano pranzato da soli. E poi a Michele. E a Messico. E ai suoi genitori.

Al goal.

Ai compiti in classe.

Agli occhi di Lucilla.

A tutti i soldi che aveva guadagnato in Turchia, e che aveva nascosto in camera. Tre volte di più di quanto Claudio e Giuliana pensavano di spendere per comprare i tappeti.

Si ficcò un mano in tasca e ne tirò fuori il sacchetto con la catenella.

– Non posso... – mormorò, piangendo. – Non posso!

Si guardò la mano, e le dita irrigidite intorno alla moneta. Lentamente, singhiozzando, le aprì, e il piccolo pezzo di metallo cadde a terra.

Quando se ne accorse, Giovanni provò un brivido cattivo e cominciò a tremare.

Singhiozzando, si voltò di scatto e scappò lontano.

Più tardi, molto più tardi, Michele lo raggiunse sulla riva del mare. Una pioggia fredda, di stravento, pizzicava le guance. Senza dirgli niente, il suo angelo custode zoppicò fino al suo fianco e si mise a guardare le onde accanto a lui.

– Come stai? – gli domandò Giovanni.

Meglio.

– Li hai picchiati?

– E le ho prese. Ma nel complesso, me la sono cavata. Tu come stai?

Giovanni tirò su con il naso.

– È come se mi avessero strappato un pezzo... – confidò. – Sento come un male, uno scavo, non so bene come descriverlo, e mi sento debole...

Michele gli posò una mano sulla spalla.

– A me piace questa sensazione.

Giovanni si voltò verso di lui, e Michele continuò:

– Io mi sento tutte le ossa rotte. Ma mi sento vivo, almeno.

– Potresti parlarmi in francese, per favore?

Michele disse alcune frasi e Giovanni sorrise:

– Non lo capisco. Non capisco una sola parola.

Tornò a guardare il mare e aggiunse:

– È tutto finito.

– Se ti sembra così importante il francese, puoi sempre studiarlo.

– Già. Posso studiarlo. Come fanno tutti – si voltò verso il bosco e la lontana sagoma quadrata del castello. – Lui se ne è andato?

– Sì. Era venuto in incognito. E in incognito doveva andare.

– E...?

– La moneta è tornata con le altre. Il sacco della Maddalena è stato di nuovo chiuso. E nessuno, mi auguro, sentirà più parlare di questa storia.

33

LA SFIDA

Giovanni scese dall'auto di suo padre e si fiondò in casa.

– Ah! Scusa! – esclamò, pestando la coda di Messico, che guaì spaventato. L'attimo successivo, il cane gli si infilò tra le gambe e cominciò a mordergli le stringhe delle scarpe.

– C'è tua cugina, di là... – sussurrò Ginevra, indicandogli la porta che conduceva in sala da pranzo.

– Ma no... – mimò Giovanni, provando a staccare il cane dalle sue scarpe da ginnastica.

Sentì la voce pigolante di Susanna impegnata a spiegare il bel voto che aveva ottenuto nell'interrogazione di italiano.

– E a te come è andata? – gli domandò sua madre,

alle prese con una pentola che non voleva saperne di obbedire alle sue istruzioni.

– Ho preso 4 in inglese e 4 in latino. E domani devo essere interrogato in storia.

– Magnifico.

– Già.

Giovanni si scrollò di dosso lo zaino di libri e sparì nella sala da pranzo. – Può darsi che più tardi venga su Lucilla a interrogarmi. Ciao, Susanna! Come stai?

La cugina sapientina mandò un trillo di sorpresa.

– Giovanni! Che cosa ci fai, qui?

– Ci abito – rispose lui.

– Pensavo fossi ancora in Turchia... o da qualche altra parte del mondo!

– Ho visto che la capanna sull'albero è crollata – rispose lui. – Ci sei salita di nuovo?

Ginevra, ai fornelli, ridacchiò. Sentì suo marito raccontare che, quel pomeriggio, sarebbero arrivate le ruspe a scassare una riva della collina, per far posto a nuove viti. Giovanni fu entusiasta dell'idea di passare il pomeriggio immerso nel fango fino alle caviglie, per guardare le benne dei caterpillar che sollevavano e spostavano la terra. Susanna, invece, rabbrividì di disgusto.

– Andate pure a guardare le ruspe! – commentò Ginevra, servendo in tavola la zuppa di verdura.

– Ma cercate di essere qui prima delle cinque. Dovrebbero venire anche Claudio e Giuliana: sembra che abbiano trovato un nuovo fornitore di cose d'argento... un messicano... e loro stavano pensando di andare sul posto... di persona... Tu non ne sai niente, vero?

Giovanni fece spallucce, cercando di nascondere il sorriso che gli si stava dipingendo sul viso. Fece una mollica di pane e la lanciò nei capelli di Susanna, mandandola su tutte le furie.

– Giovanni! – lo rimproverò Ginevra.

Suo marito cercò il telecomando della televisione. Messico, senza alcun motivo, abbaiò e uscì fuori.

Giovanni si appoggiò allo schienale della sedia. Della sua sedia, quella su cui mangiava da quando aveva imparato a stare a tavola. Trovava meraviglioso, veramente meraviglioso, che fossero tutti lì. Anche Susanna, con le mani grassocce impastate nei capelli alla ricerca della mollica di pane.

Si allungò per togliergliela. Lei ne rimase stupefatta, sospettando che, in quel gesto così banale, si nascondesse qualche altro scherzo atroce.

E invece era un semplice gesto. Banale. Era una cosa da niente, del tutto normale.

Giovanni non voleva altro.

Ridere di tutte le cose banali che gli sarebbero accadute.

Belle o brutte che fossero, fortunate o sfortunate. Aveva ormai capito quanto fosse relativa la fortuna.

Era la sua vita, quella.

E non l'avrebbe mai affidata a nessun altro.

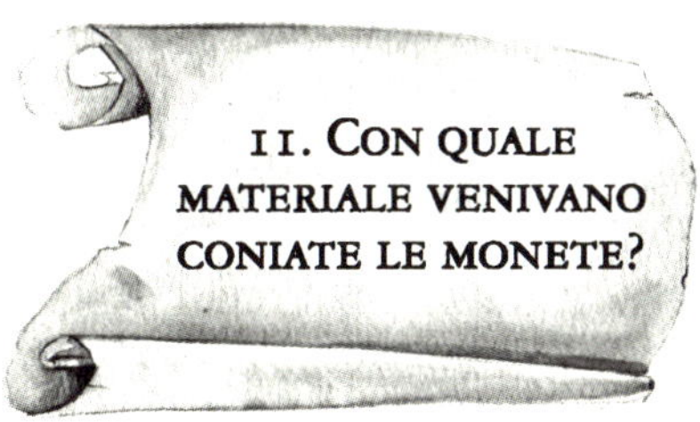

Epilogo

Nel centro di Rio de Janeiro, tra le favelas di Rossinha, un ragazzino scuro di pelle, magro come un chiodo e mal vestito, tirò un calcio al pallone mezzo sgonfio, facendolo volare oltre alle baracche, in un cespuglio di erbe secche. Imbronciato, si arrampicò tra le lamiere per andare a riprenderlo. La strada era ormai deserta, dato che i suoi amici erano già rincasati, ma lui aveva preferito restare in strada ad allenarsi. Solo così sarebbe diventato un calciatore. Un grande calciatore. E allora avrebbe guardato i tetti rappezzati della Rossinha dall'alto, dalle camere dello Sheraton, come facevano tutti i ricchi che arrivavano in città. Lassù c'era l'aria condizionata. E non si sentiva l'odore di immondizia. E non ci si ferivano i piedi con le schegge di vetri rotti.

Il ragazzino si fece largo tra i cespugli, cercando il pallone. Lo ritrovò vicino a un vecchio muro coperto di iscrizioni. La calce che lo ricopriva era scrostata e, tra le pietre, si era aperta una profonda crepa. Il ragazzino ci appoggiò una mano contro e si accorse che il muro era sul punto di crollare.

Si guardò intorno. Il cielo era dorato dal tramonto. Alcuni cani abbaiavano lontani. Si sentiva la musica di una radio, furibonda ma distante.

Provò a spingere, sgretolando un altro po' di intonaco. E poi un po' più forte. Infine, con un tonfo sordo, una porzione del muro andò giù, sollevando una nuvola di polvere. Il ragazzino si inginocchiò e infilò la testa nell'apertura; rimase di stucco. Al di là c'era una piccola stanza piena di chitarre. Sgranò gli occhi, ma ciò che vedeva rimase immutato: una serie di chitarre elettriche disposte contro il muro opposto a quello che era appena crollato.

Che razza di posto era? si domandò. Un magazzino abbandonato? Il retrobottega di un negozio di musica?

Vincendo la paura, entrò. Alle pareti erano appesi poster di vecchi cantanti rock, e poco altro. Le chitarre, sette in tutto, erano allineate una accanto all'altra, e coperte di polvere. Il ragazzino non sapeva suonare: voleva diventare un calciatore. Eppure, quelle chitarre abbandonate in quella strana stanza murata avevano un fascino davvero indescrivibile.

Ne sfiorò uno, poi ne afferrò una seconda, completamente bianca.

La portò fuori dalla breccia nel muro per guardarla meglio e, nell'agitarla, si accorse che conteneva un piccolo oggetto nella cassa armonica.

Agitandola ancora, fece cadere una monetina scura che rotolò per terra, andando a nascondersi tra i cespugli.

Il ragazzino la recuperò, rigirandosela tra le dita. Aveva i bordi irregolari, consumati dal tempo. Ed era talmente antica da essere del tutto illeggibile.

La sollevò, mettendola controluce. Bella, decise.

Se la ficcò in tasca.

Recuperò il pallone.

E si avviò verso casa.

Scopri le citazioni sul retro della moneta:
insieme alla storia ti aiuteranno a rispondere
alle undici domande che trovi lungo il racconto.
Scrivi qui di seguito le risposte
e leggi la frase nascosta.

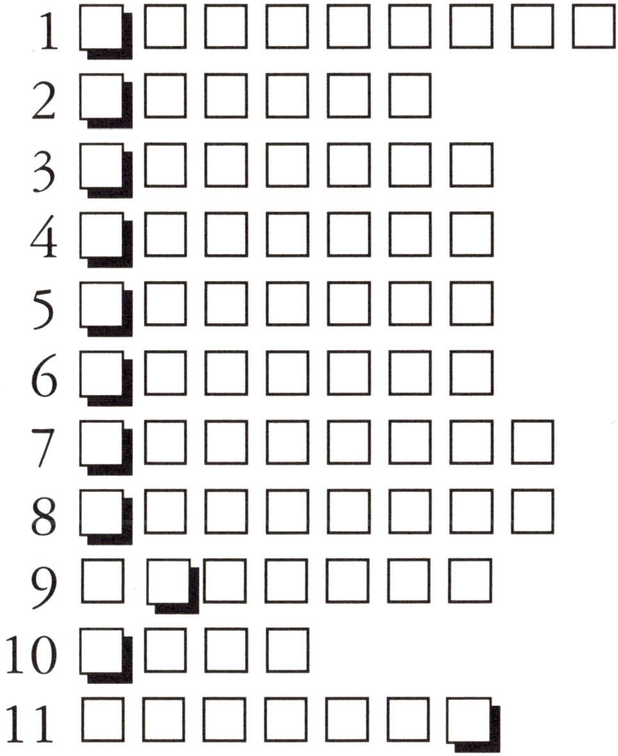

La frase nascosta è:

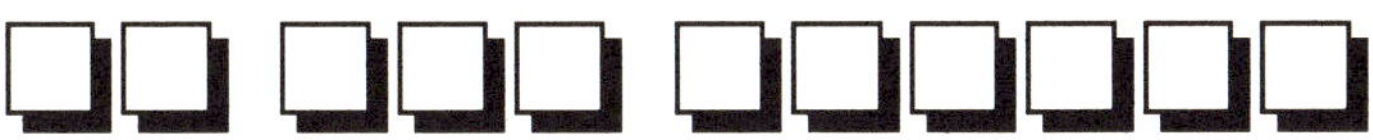

Parla con l'autore in rete
www.edizionisanpaolo.it

INDICE

Stampa: 2007
Società San Paolo, Alba (CN)
Printed in Italy

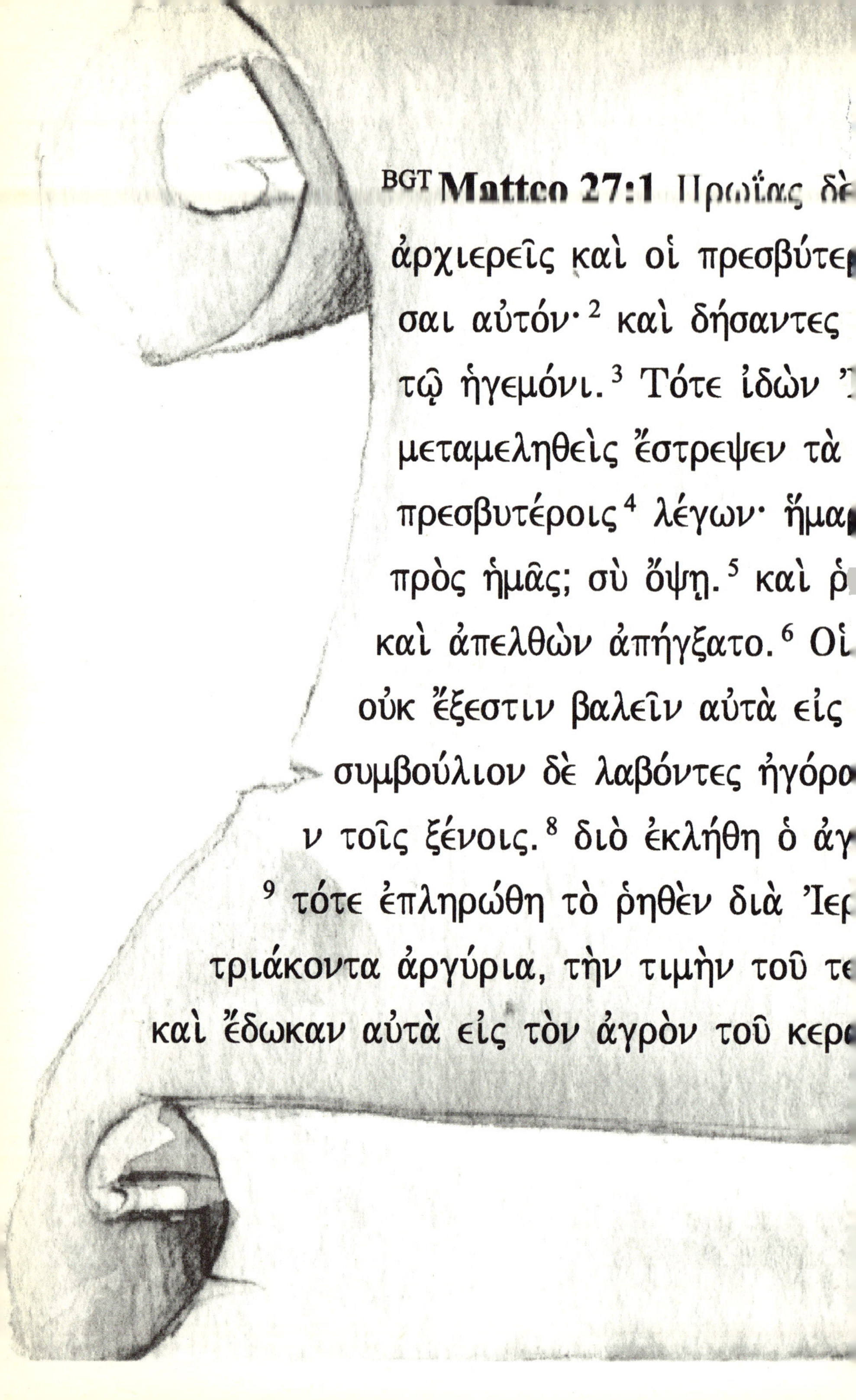
BGT Matteo 27:1 Πρωΐας δὲ
ἀρχιερεῖς καὶ οἱ πρεσβύτερ
σαι αὐτόν· 2 καὶ δήσαντες
τῷ ἡγεμόνι. 3 Τότε ἰδὼν
μεταμεληθεὶς ἔστρεψεν τὰ
πρεσβυτέροις 4 λέγων· ἥμαρ
πρὸς ἡμᾶς; σὺ ὄψῃ. 5 καὶ ῥ
καὶ ἀπελθὼν ἀπήγξατο. 6 Οἱ
οὐκ ἔξεστιν βαλεῖν αὐτὰ εἰς
συμβούλιον δὲ λαβόντες ἠγόρα
ν τοῖς ξένοις. 8 διὸ ἐκλήθη ὁ ἀγ
9 τότε ἐπληρώθη τὸ ῥηθὲν διὰ Ἰερ
τριάκοντα ἀργύρια, τὴν τιμὴν τοῦ τε
καὶ ἔδωκαν αὐτὰ εἰς τὸν ἀγρὸν τοῦ κερα